Zu diesem Buch

«Held des Romans ist ein einunddreißigjähriger Bibliothekar in einer wahrhaft seltsamen Bibliothek... Hier leiht niemand Bücher aus: hierher bringen Autoren ihre Manuskripte, die sonst niemand will, über Blumenzüchten bei Kerzenlicht in Hotelzimmern etwa, oder ‹Immer schön ist die Liebe›, den Weltrekordinhaber in Ablehnungen, 459 Verlage wollten es nicht; oder ‹Elche› von Richard Brautigan... Und dann kommt plötzlich Vida (Veida), fühlt sich nicht wohl in ihrem exorbitant schönen Körper, ‹ihre Formen waren zum Äußersten dessen entwickelt, wovon der Mann der westlichen Hemisphäre in unserem Jahrhundert träumt... sie war so schön, daß die Werbeleute einen Nationalpark aus ihr gemacht hätten, wenn sie sie in die Finger bekommen hätten...› Sie bringt auch ein Buch, es handelt von ihrem Körper und ‹davon, wie schrecklich es ist, wenn man den Leuten so ausgesetzt ist... Ich kann nirgendwohin gehen, ohne Pfiffe, Gegrunze, Gejohle... zu provozieren›... Brautigan katapultiert den Leser in hypnotischer Lockerheit mit handfestem Sprachwitz von absurden Gleichnissen in groteske Bilder... Er knallt dem Leser seine Stories in Aug' und Hirn, Rasanz, Sprunghaftigkeit und gespielte Naivität verschleiern die Tiefe, das Fabelhafte, das Entlarvende.» («Wiener Zeitung»)

«Die Leute, die dieses Buch gelesen haben, haben ein seltsames Lächeln auf dem Gesicht.» («Rolling Stone»)

Richard Brautigan, geboren am 30. Januar 1935 in Tacoma/Washington, war 1967 «Poet in Residence» am California Institute of Technology; dann freier Schriftsteller in San Francisco. Mit seinen Geschichten und Gedichten wurde er über Nacht zu einem Kultautor der Campus-Jugend. Richard Brautigan starb im September 1984 in Bolinas/Cal. In der Reihe der rororo-Taschenbücher erschien ferner sein seltsamer Western «Das Hawkline Monster» (Nr. 12631), «ein irres Leservergnügen» (Bücherjournal, NDR).

Richard Brautigan

DIE ABTREIBUNG

Eine historische Romanze 1966

Aus dem Amerikanischen von
Günther und Ilse Ohnemus

rororo
Rowohlt

Die Originalausgabe erschien 1971 unter dem Titel
«The Abortion: An Historical Romance 1966»
bei Simon and Schuster, New York
Umschlaggestaltung Hendrik Dorgathen

Veröffentlich im Rowohlt Taschenbuch Verlag GmbH,
Reinbek bei Hamburg, April 1990

Originaltitel «The Abortion: An Historical Romance 1966»

Satz Sabon (Linotronic 500)
Gesamtherstellung Clausen & Bosse, Leck
Printed in Germany
780-ISBN 3 499 12615 X

Frank:

komm rein –
lies Roman –
liegt auf'm Tisch im Wohnzimmer.

Bin in ungefähr
2 Stunden wieder da.

Richard

INHALT

BUCH I

Ihr Büffelmädchen, kommt ihr nicht raus heut nacht?

Die Bibliothek

Die Bibliothek hier ist schön, vollkommen in Einklang mit der Zeit, üppig und amerikanisch. Die Zeit ist Mitternacht, und die Bibliothek ist tief und dunkel, und sie kommt wie ein träumendes Kind in die Dunkelheit dieser Seiten. Obwohl die Bibliothek «geschlossen» ist, muß ich nicht nach Hause gehen, weil hier mein Zuhause ist, schon seit Jahren, und außerdem muß ich die ganze Zeit hier sein. Das gehört zu meiner Arbeit. Ich will ja nicht wie ein bornierter Beamter klingen, aber ich habe Angst, daran zu denken, was passieren würde, wenn jemand käme und ich nicht da wäre.

Ich sitze schon seit Stunden an diesem Pult und starre in die dunklen Regale mit Büchern. Ich liebe ihre Gegenwart, die Art, in der sie das Holz, auf dem sie ruhen, ehren.

Ich weiß, es wird regnen.

Wolken haben schon den ganzen Tag lang mit der blauen Eleganz des Himmels gespielt, ihre schwarzen Garderoben hereingeschoben, aber bis jetzt haben sie noch keinen Regen auf die Bühne gebracht.

Ich habe die Bibliothek um neun «geschlossen», aber wenn jemand ein Buch bringen will, kann er an einer Glocke neben der Tür läuten. Die Glocke ruft mich herbei, egal, was ich hier gerade mache: schlafen, kochen, essen oder mit Vida schlafen, die bald hier sein wird.

Sie hat um 11.30 Schluß.

Die Glocke kommt aus Fort Worth, Texas. Der Mann, der sie uns gebracht hat, ist jetzt schon tot, und keiner hat seinen Namen erfahren. Er brachte die Glocke herein und stellte sie auf einen Tisch. Er schien verlegen und ging wieder, ohne seinen Namen genannt zu haben. Das ist schon viele Jahre her. Die Glocke ist nicht groß, aber ihr Ton kommt auf einem kleinen silbernen Pfad an, der die Landkarte zu unserem Gehör kennt.

Oft werden Bücher am späten Abend oder in den frühen

Morgenstunden hereingebracht. Ich muß da sein, um sie entgegenzunehmen. Das ist mein Job.

Ich «öffne» die Bibliothek um neun Uhr morgens, und ich «schließe» die Bibliothek abends um neun, aber ich bin vierundzwanzig Stunden am Tag hier, sieben Tage in der Woche, um die Bücher entgegenzunehmen.

Vor ein paar Tagen hat eine alte Frau um drei Uhr morgens ein Buch hereingebracht. Ich hörte die Glocke im Schlaf klingeln wie eine kleine Autobahn, die aus einer großen Entfernung bis zu meinem Ohr führt.

Vida wachte auch davon auf.

«Was ist denn?» fragte sie.

«Es ist die Glocke», sagte ich.

«Nein, es ist ein Buch», sagte sie.

Ich sagte ihr, sie solle im Bett bleiben, wieder einschlafen, ich würde mich schon drum kümmern. Ich stand auf und zog mich mit der gebotenen Würde und Haltung an, auf die wir hier in der Bibliothek beim Empfang der Bücher bedacht sind.

Meine Kleider sind nicht teuer, aber sie sind freundlich und sauber, und ich biete einen angenehmen Anblick. Die Leute fühlen sich gleich wohler, wenn sie mich ansehen.

Vida war wieder eingeschlafen. Sie sah schön aus mit ihren langen schwarzen Haaren, die ausgebreitet wie ein Fächer aus schwarzen Seen auf dem Kissen lagen. Ich konnte nicht widerstehen und hob die Decke hoch, um ihre lange, schlafende Gestalt anzuschauen.

Ein starker Duft stieg wie ein Garten über ihrem Körper hoch, über diesem unglaublich seltsamen Ding, das jetzt auf eine dramatische Weise bewegungslos dalag.

Ich ging hinaus und machte das Licht in der Bibliothek an. Alles wirkte friedlich und heiter, obwohl es drei Uhr morgens war.

Die alte Frau wartete hinter dem schweren Glas der Eingangstür. Die Bibliothek ist sehr altmodisch, und das gibt der Tür eine etwas religiöse Aura.

Die Frau machte einen sehr erregten Eindruck. Sie war sehr alt, sagen wir mal achtzig, und sie trug die Sorte Kleider, die vorzugsweise von armen Leuten getragen wird.

Aber egal... arm oder reich... der Service ist derselbe und könnte überhaupt nicht anders sein.

«Ich bin gerade damit fertig geworden», sagte sie durch das schwere Glas, noch bevor ich die Tür öffnen konnte. Obwohl ihre Stimme durch das Glas stark zurückgedämmt wurde, sprudelte sie über vor Freude, Phantasie und fast so etwas wie jugendlichem Übermut.

«Das freut mich», sagte ich durch die Tür. Ich hatte sie noch nicht ganz aufbekommen. Wir teilten uns unsere beiderseitige Erregung durch das Glas hindurch mit.

«Ich hab's geschafft!» sagte sie, als sie in Begleitung einer achtzigjährigen alten Dame die Bibliothek betrat.

«Ich gratuliere», sagte ich. «Es ist so eine wunderbare Sache, wenn man ein Buch schreibt.»

«Ich bin den ganzen Weg zu Fuß gegangen», sagte sie. «Um Mitternacht bin ich los. Ich wäre schon eher dagewesen, wenn ich nicht schon so alt wäre.»

«Wo wohnen Sie denn?» fragte ich.

«Im Kit Carson Hotel», sagte sie. «Und ich hab ein Buch geschrieben.»

Sie gab es mir voller Stolz in die Hand, als wäre es das allerkostbarste Ding auf der Welt. Und das war es auch.

Es war ein Notizbuch, eins von den Ringbüchern, wie man sie überall in Amerika bekommt. Es gibt kein Geschäft, das sie nicht hat.

Ein wuchtiges Etikett klebte auf dem Umschlag, und auf dem Etikett stand, mit breitem grünem Buntstift geschrieben, der Titel:

WIE MAN BEI KERZENSCHEIN
IN HOTELZIMMERN BLUMEN ZÜCHTET
VON
MRS. CHARLES FINE ADAMS

«Was für ein wunderbarer Titel», sagte ich. «Ich glaub, wir haben in der ganzen Bibliothek kein solches Buch. Das ist etwas völlig Neues.»

Ein strahlendes Lächeln lag auf ihrem Gesicht, das vor ungefähr vierzig Jahren alt geworden war, zernagt von der Erosion und dem Ausgesetztsein der Jugend.

«Ich hab fünf Jahre gebraucht, um das Buch zu schreiben», sagte sie. «Ich wohne im Kit Carson Hotel, und ich hab schon viele Blumen in meinem Zimmer gezüchtet. Mein Zimmer hat keine Fenster, also muß ich Kerzen hernehmen. Damit geht's am besten.

Ich hab auch schon Blumen bei Laternenlicht und mit Vergrößerungsgläsern gezüchtet, aber das bekommt ihnen nicht so gut, besonders den Tulpen und Maiglöckchen nicht.

Ich hab sogar schon versucht, Blumen mit Taschenlampen zu züchten, aber das war eine große Enttäuschung. Ich hab ein paar Ringelblumen mit drei oder vier Taschenlampen behandelt, aber dabei ist nicht viel rausgekommen.

Mit Kerzen klappt es am besten. Blumen mögen anscheinend den Geruch von schmelzendem Wachs, wenn Sie wissen, was ich meine. Man muß einer Blume bloß eine Kerze zeigen, und schon beginnt sie zu wachsen.»

Ich blätterte das Buch durch. Das gehört zu den Dingen, die ich hier mache. Genauer gesagt, ich bin der einzige, der das macht. Das Buch war mit der Hand und mit roten, grünen und blauen Buntstiften geschrieben. Es enthielt Zeichnungen ihres Hotelzimmers, auf denen man sah, wie die Blumen im Zimmer wuchsen.

Ihr Zimmer war sehr klein, und viele Blumen waren darin. Die Blumen wuchsen aus Blechdosen und Flaschen und Einmachgläsern, und um alle Gefäße standen brennende Kerzen herum.

Ihr Zimmer sah aus wie eine Kathedrale.

Es gab auch eine Zeichung des früheren Hoteldirektors und eine Zeichnung des Aufzugs im Hotel. Der Aufzug sah aus wie ein sehr deprimierender Ort.

Der Hoteldirektor wirkte in ihrer Zeichnung sehr unglücklich, und er sah aus, als brauchte er Urlaub. Er schien sich nach etwas umzudrehen, das gleich in sein Blickfeld kommen mußte. Es war etwas, das er nicht sehen wollte, und es war genau da am Rand seines Blickfelds. Unter der Zeichnung stand:

DER DIREKTOR DES KIT CARSON HOTELS BEVOR ER WEGEN TRINKENS IM AUFZUG UND WEGEN DIEBSTAHLS VON BETTLAKEN GEFEUERT WURDE

Das Buch war ungefähr vierzig Seiten lang. Es sah recht interessant aus, und es war auf jeden Fall eine willkommene Erweiterung unserer Sammlung.

«Sie sind wahrscheinlich sehr müde», sagte ich. «Setzen Sie sich doch, und ich mache Ihnen eine Tasse Nescafé.»

«Das wäre wundervoll», sagte sie. «Ich hab fünf Jahre gebraucht, um dieses Buch über Blumen zu schreiben. Ich hab sehr hart daran gearbeitet. Ich liebe Blumen. Es ist jammerschade, daß mein Zimmer keine Fenster hat, aber ich hab mit Kerzen getan, was ich konnte. Tulpen entwickeln sich gut.»

Vida schlief ganz fest, als ich in mein Zimmer zurückging. Ich machte das Licht an und weckte sie auf. Sie blinzelte, und ihr Gesicht hatte etwas von dieser marmornen Weichheit, die schöne Frauen immer haben, wenn sie plötzlich geweckt werden und noch nicht ganz da sind.

«Was ist los?» fragte sie.

«Ein neues Buch», sagte sie und beantwortete damit ihre eigene Frage.

«Ja», sagte ich.

«Wovon handelt es denn?» fragte sie ganz mechanisch wie ein sanfter menschlicher Plattenspieler.

«Es handelt von Blumenzucht in Hotelzimmern.»

Ich setzte das Wasser für den Kaffee auf und setzte mich zu Vida, die sich herüberkuschelte und ihren Kopf auf meinen Schoß legte, so daß mein Schoß vollkommen von der schwarzen Seelandschaft ihres Haars umschlossen war.

Ich konnte eine ihrer Brüste sehen. Es war wahnsinnig!

«Na, wie ist das mit der Blumenzucht in Hotelzimmern?» fragte Vida. «So einfach kann das doch nicht sein. Was steckt denn da wirklich dahinter?»

«Bei Kerzenschein», sagte ich.

«Aha», sagte Vida. Obwohl ich ihr Gesicht nicht sehen konnte, merkte ich, daß sie lächelte. Sie hat komische Ansichten über die Bibliothek.

«Es ist von einer alten Frau», sagte ich. «Sie liebt Blumen, und sie hat keine Fenster in ihrem Hotelzimmer, deshalb züchtet sie sie bei Kerzenschein.»

«Oh, Junge», sagte Vida mit diesem Unterton in der Stimme, den sie immer hat, wenn sie von der Bibliothek redet. Sie findet sie schauderhaft und macht sich nicht viel draus.

Ich gab ihr keine Antwort. Das Kaffeewasser war fertig, und ich nahm einen Löffel voll Nescafé und tat ihn in eine Tasse. «Nescafé?» fragte Vida.

«Ja», sagte ich. «Ich mach ihn für die Frau, die grade das Buch reingebracht hat. Sie ist sehr alt, und sie ist weit gelaufen, um hierherzukommen. Ich glaub, sie braucht eine Tasse Nescafé.»

«Das klingt überzeugend. Vielleicht auch noch ein Schlückchen Amylnitrat zum Nachtrinken. Ich mach bloß Spaß. Brauchst du Hilfe? Warte, ich stehe auf.»

«Nein, laß nur», sagte ich. «Ich schaff das schon. Haben wir eigentlich die Plätzchen schon alle aufgegessen, die du gebakken hast?»

«Nein», sagte sie. «Die Plätzchen sind da drüben in dem Beutel.» Sie deutete auf die weiße Papiertüte auf dem Tisch. «Ich glaub, es sind noch ein paar Schokoladenplätzchen übrig.»

«Wozu hast du sie denn in den Beutel getan?» fragte ich.

«Weiß ich auch nicht», sagte sie. «Warum tut man überhaupt Plätzchen in einen Beutel? Ich hab's halt einfach getan.»

Vida hatte ihren Kopf auf den Ellbogen gelegt und schaute mir zu. Es war nicht zu fassen: ihr Gesicht, ihre Augen, ihr...

«Gutes Argument», sagte ich.

«Hab ich nicht recht?» fragte sie schläfrig.

«Ja», sagte ich.

Ich nahm die Tasse Kaffee, stellte sie auf ein kleines Holztablett und stellte Dosenmilch und Zucker und einen kleinen Teller für die Plätzchen dazu.

Vida hat mir das Tablett mal geschenkt. Sie hat es bei Cost

Plus Imports gekauft und mich eines Tages damit überrascht. Ich mag Überraschungen.

«Bis nachher», sagte ich. «Schlaf ruhig weiter.»

«O.k.», und sie zog sich die Decke über den Kopf. Leb wohl, mein Liebling.

Ich brachte der alten Frau den Kaffee und die Plätzchen. Sie saß an einem Tisch, hatte ihr Gesicht auf den Ellbogen gelegt und schlief schon fast. Ich konnte an ihrem Gesicht sehen, daß sie träumte.

Ich störte sie nur äußerst ungern dabei. Ich weiß, was ein Traum wert sein kann, aber leider... «Hallo», sagte ich.

«Oh, hallo», sagte sie und unterbrach kurzerhand ihren Traum.

«Es ist Zeit für ein Schlückchen Kaffee», sagte ich.

«Oh, das ist nett», sagte sie. «Das ist genau das, was ich zum Aufwachen brauche. Ich bin ein bißchen müde, weil ich so weit gelaufen bin. Ich hätte wohl auch bis morgen warten und den Bus nehmen können, aber ich wollte das Buch auf der Stelle rausbringen, weil ich grade erst um Mitternacht fertig geworden bin, und ich hab fünf Jahre daran gearbeitet.

FÜNF JAHRE», wiederholte sie, als wäre das der Name eines Landes, dessen Präsidentin sie war, und als wären die Blumen, die in ihrem Hotelzimmer bei Kerzenschein wuchsen, ihr Kabinett und ich der Minister für das Bibliothekswesen.

«Ich glaub, wir tragen das Buch jetzt ein», sagte ich.

«Das klingt wunderbar», sagte sie. «Die Plätzchen sind köstlich. Haben Sie sie selber gebacken?»

Ich fand, daß sie mir da eine ziemlich merkwürdige Frage stellte. Diese Frage hat mir noch nie jemand gestellt. Sie brachte mich durcheinander. Es ist schon komisch, wie einen Leute mit einer Frage nach Plätzchen überrumpeln können.

«Nein», sagte ich. «Ich hab die Plätzchen nicht gebacken. Eine Freundin hat sie gemacht.»

«Na ja, wer sie auch gebacken hat, der weiß, wie man Plätzchen backt. Die Schokolade schmeckt wunderbar. So schokoladig.»

Es war jetzt Zeit, das Buch einzutragen. Wir tragen alle Bücher, die wir hier erhalten, in unseren Bibliotheks-Hauptkatalog ein. Das ist ein Verzeichnis aller Bücher, die wir Tag für Tag, Woche für Woche, Monat für Monat, Jahr für Jahr bekommen. Sie kommen alle in den Hauptkatalog.

Wir verwenden weder Deweys Dezimalklassifikation noch irgendein anderes Katalogisierungssystem, um unsere Bücher zu registrieren. Wir verzeichnen ihren Eingang in der Bibliothek im Bibliotheks-Hauptkatalog, und dann geben wir das Buch dem Autor wieder zurück, und es steht ihm frei, es überall in der Bibliothek, wo er nur will, einzustellen, ganz gleich, in welches Regal. Wo es ihm eben gefällt.

Es kommt überhaupt nicht darauf an, wo ein Buch steht, weil nie jemand ein Buch heraussucht und nie jemand zum Lesen kommt. So eine Bibliothek ist das hier nicht. Dies ist eine ganz andere Bibliothek.

«Diese Plätzchen sind einfach phantastisch», sagte die alte Frau, während sie das letzte Plätzchen verspeiste. «So ein feiner Schokoladengeschmack. So was kann man im Geschäft gar nicht kaufen. Hat sie eine Freundin gebacken?»

«Ja», sagte ich. «Eine sehr gute Freundin.»

«Schön, das merkt man auch. So was wird heutzutage nicht mehr genug gemacht, wenn Sie wissen, was ich meine.»

«Ja», sagte ich. «Schokoladenplätzchen sind gut.»

Vida hat sie gebacken.

Inzwischen hatte die alte Frau die letzten Tropfen Kaffee getrunken, aber sie trank sie noch mal, obwohl sie schon weg waren. Sie wollte sichergehen, daß sie auch nicht einen Tropfen in der Tasse zurückließ, auch wenn sie dafür den letzten Tropfen zweimal trinken mußte.

Ich merkte, daß sie Anstalten traf, sich zu verabschieden, denn sie versuchte, sich von ihrem Stuhl zu erheben. Ich wußte, daß sie niemals wiederkommen würde, daß das ihr einziger Besuch in der Bibliothek bleiben würde.

«Es war ganz wunderbar, ein Buch zu schreiben», sagte sie. «Jetzt ist es fertig, und ich kann wieder in mein Hotelzimmer und zu meinen Blumen zurückgehen. Ich bin sehr müde.»

«Ihr Buch», sagte ich und gab es ihr in die Hand. «Es steht Ihnen frei, es überall in der Bibliothek hinzustellen, wo Sie wollen, in jedes Regal.»

«Wie aufregend», sagte sie.

Sie trug ihr Buch ganz langsam hinüber zu einer Abteilung, zu der schon eine Menge Kinder auf irgendeiner unbewußten Spur geführt worden sind und ihr Buch da ins Regal gestellt haben.

Ich erinnere mich nicht, daß ich schon mal jemanden über fünfzig gesehen hätte, der da ein Buch eingestellt hat, aber sie ging schnurstracks, als führten die Kinder sie an der Hand, zu diesem Regal und stellte ihr Buch über die Blumenzucht in Hotelzimmern bei Kerzenschein zwischen ein Buch über Indianer (pro-indianisch) und ein illustriertes, höchst anerkennendes Traktat über Erdbeermarmelade.

Sie war sehr glücklich, als sie die Bibliothek verließ und sehr langsam zu ihrem Zimmer im Kit Carson Hotel zurückging und zu ihren Blumen, die dort auf sie warteten.

Ich machte das Licht in der Bibliothek aus und brachte das Tablett in mein Zimmer zurück. Ich kannte mich in der Bibliothek so gut aus, daß ich das im Dunkeln machen konnte. Es war leicht und angenehm, wieder in mein Zimmer zurückzugehen, denn ich dachte an Blumen, Amerika und Vida, die still wie eine Photographie hier in der Bibliothek schlief.

Der Autounfall

Diese Bibliothek entstand aus einem überwältigenden Wunsch und Bedürfnis nach einem solchen Ort. Es mußte ganz einfach so eine Bibliothek geben. Dieser Wunsch schuf das Bibliotheksgebäude, das nicht sehr groß ist, und seinen ständigen Mitarbeiterstab, der gegenwärtig aus mir besteht.

Die Bibliothek ist schon alt und ganz in der Manier des Gelben San Franciscoer Backsteinstils, der nach dem Erdbeben üblich war, und sie liegt in 3150 Sacramento Street, San Francisco, California 94115; Bücher, die per Post geschickt werden, werden allerdings nicht angenommen. Sie müssen persönlich hereingebracht werden. Das ist eine der Grundregeln unserer Bibliothek.

Vor mir haben schon viele Leute hier gearbeitet. Wir haben hier eine ziemlich hohe Fluktuationsrate. Ich glaube, ich bin schon der 35. oder 36. Bibliothekar. Ich habe den Job bekommen, weil ich der einzige war, der den Anforderungen genügte, und ich war gerade frei.

Ich bin einunddreißig Jahre alt, und ich habe nie irgendeine Ausbildung als Bibliothekar gemacht. Ich habe eine andere Art von Ausbildung, die mit meiner Arbeit in der Bibliothek ganz gut vereinbar ist. Ich hab ein Gefühl für Leute, und ich mag das, was ich hier tue.

Ich glaube, ich bin zur Zeit der einzige Mensch in Amerika, der den Job hier machen kann, und das tu ich eben. Wenn ich mit meinem Job hier fertig bin, suche ich mir was anderes. Ich glaube, die Zukunft hat noch eine ganze Menge für mich auf Lager.

Der Bibliothekar vor mir war drei Jahre hier, und er mußte schließlich kündigen, weil er sich vor Kindern fürchtete. Er glaubte immer, sie planten irgendwelche Streiche. Er lebt jetzt in einem Altenheim. Letzten Monat habe ich eine Postkarte von ihm bekommen. Sie war nicht zu entschlüsseln.

Der Bibliothekar vor ihm war ein junger Mann, der sechs Monate Urlaub von seiner Motorradclique genommen hatte, um hier eine Amtsperiode einzulegen. Danach ging er wieder zu seiner Clique zurück, und er sagte ihnen nie, wo er gewesen war.

«Wo bist du denn die letzten sechs Monate gewesen?» fragten sie ihn.

«Ich hab mich um meine Mutter gekümmert», sagte er. «Sie war krank, und sie hat massenweise heiße Hühnersuppe gebraucht. Sonst noch Fragen?» Sonst hatten sie keine Fragen mehr.

Der Bibliothekar vor ihm war zwei Jahre hier, dann zog er plötzlich in den australischen Busch. Seither hat man nichts mehr von ihm gehört. Ich habe Gerüchte gehört, daß er noch lebt, und ich habe auch Gerüchte gehört, daß er schon tot ist, aber was er auch macht, tot oder lebendig, ich bin sicher, er ist immer noch im australischen Busch, weil er sagte, er würde nicht wiederkommen, und wenn er je wieder ein Buch sähe, würde er sich die Gurgel durchschneiden.

Die Bibliothekarin vor ihm war eine junge Dame, die kündigen mußte, weil sie schwanger war. Eines Tages sah sie diesen ganz bestimmten Schimmer im Auge eines jungen Dichters. Sie wohnen jetzt zusammen im Mission District und sind nicht mehr jung. Sie hat allerdings eine wunderschöne Tochter, und er bezieht Arbeitslosengeld. Sie wollen nach Mexiko ziehen.

Ich glaube, damit machen sie einen Fehler. Ich hab einfach schon zu viele Leute erlebt, die nach Mexiko gegangen sind und die dann, unmittelbar nachdem sie nach Amerika zurückgekommen sind, auseinandergingen. Ich glaube, wenn sie zusammenbleiben wollen, sollten sie nicht nach Mexiko gehen.

Der Bibliothekar vor ihr war ein Jahr hier. Er kam bei einem Autounfall ums Leben. Ein Auto geriet außer Kontrolle und raste in die Bibliothek. Irgendwie wurde er dabei getötet. Ich hab mir nie so recht erklären können, wie das zugegangen ist, denn die Bibliothek ist ja aus Backstein.

Die 23

Ah, ist das schön, hier in der Dunkelheit dieser Bücher zu sitzen. Ich bin nicht müde. Der heutige Abend war, was die eingebrachten Bücher betrifft, ein Durchschnittsabend: 23 fanden ihren willkommenen Weg in unsere Regale.

Ich notierte ihre Titel und Verfasser und einige Bemerkungen über den Eingang jedes Buchs im Bibliotheks-Hauptkatalog. Ich glaube, das erste Buch kam um 6.30 herein.

MEIN DREIRAD von Chuck. Der Verfasser war fünf Jahre alt, und sein Gesicht sah aus, als wäre es in einen Wirbelsturm von Sommersprossen geraten. Auf dem Buch stand kein Titel, und es enthielt keinen Text, nur Bilder.

«Wie heißt denn dein Buch?» fragte ich.

Der kleine Junge schlug das Buch auf und zeigte mir die Zeichnung eines Dreirads. Es sah eigentlich mehr aus wie eine Giraffe, die verkehrt herum in einem Aufzug steht.

«Das ist mein Dreirad», sagte er.

«Wunderbar», sagte ich. «Und wie heißt du?»

«Das ist mein Dreirad.»

«Ja», sagte ich. «Prima, aber wie heißt du denn?»

«Chuck.»

Er reichte das Buch auf das Pult herauf und steuerte dann auf die Tür zu. «Ich muß jetzt gehen», sagte er. «Meine Mutter ist draußen mit meiner Schwester.»

Ich wollte ihm noch sagen, daß er das Buch in jedes Regal stellen könnte, in das er es stellen wollte, aber da war er, auf seine winzige Art, schon gegangen.

LEDERKLEIDUNG UND DIE GESCHICHTE DES MENSCHEN von S. M. Justice. Der Verfasser war ein Motorradfahrer-Typ, und er trug schrecklich viel Ledersachen. Sein Buch bestand vollständig aus Leder. Irgendwie war es auch gedruckt worden. Ich hatte noch nie zuvor ein 290-Seiten-Buch gesehen, das auf Leder gedruckt war.

Als der Verfasser der Bibliothek das Buch übergab, sagte er: «Ein Mann, der Leder mag, ist ein Mann nach meinem Herzen.»

IMMER SCHÖN IST DIE LIEBE von Charles Green. Der Verfasser war etwa fünfzig Jahre alt und sagte, er habe seit seinem siebzehnten Lebensjahr, als er das Buch geschrieben hatte, versucht, einen Verleger dafür zu finden.

«Dieses Buch hat den Weltrekord für Ablehnungen aufgestellt», sagte er. «Es ist 459mal abgelehnt worden, und jetzt bin ich ein alter Mann.»

STEREO UND GOTT von Hochwürden Lincoln Lincoln. Der Verfasser sagte, Gott habe ein Auge auf unsere Stereoplattenspieler. Ich weiß nicht, was er damit meinte, aber er schmetterte das Buch mit beträchtlicher Wucht auf mein Pult.

PFANNKUCHEN PRETTY von Barbara Jones. Die Verfasserin war sieben Jahre alt und trug ein hübsches weißes Kleid.

«Dieses Buch handelt von einem Pfannkuchen», sagte sie.

SAM SAM SAM von Patricia Evens Summers. «Das ist ein Buch mit literarischen Essays», sagte sie. «Ich habe immer schon Alfred Kazin und Edmund Wilson bewundert, besonders Wilsons Theorie über *Die Drehung der Schraube.*» Sie war eine Frau in den späten Fünfzigern, und sie sah ziemlich genau so aus wie Edmund Wilson.

EINE GESCHICHTE NEBRASKAS von Clinton York. Der Verfasser war ein Herr von etwa siebenundvierzig Jahren, und er sagte, er wäre noch nie in Nebraska gewesen, aber er hätte sich schon immer für diesen Staat interessiert.

«Schon als ich ein Kind war, war Nebraska mein ein und alles. Andere Kinder hörten Radio oder schwärmten stundenlang von ihren Fahrrädern. Ich las alles, was ich über Nebraska finden konnte. Ich weiß auch nicht, wodurch ich eigentlich darauf gekommen bin, aber auf jeden Fall ist das hier die vollständigste Geschichte Nebraskas, die jemals geschrieben wurde.»

Es handelte sich um ein Werk in sieben Bänden, und er hatte sie in einer Tragtüte, als er in die Bibliothek kam.

ER KÜSSTE DIE GANZE NACHT von Susan Margar. Die Verfasserin war eine sehr farblose Frau in mittleren Jahren, die aussah, als wäre sie noch nie geküßt worden. Man mußte schon zweimal hinschauen, um zu sehen, ob sie überhaupt Lippen in ihrem Gesicht hatte. Verblüfft fand man dann ihren Mund fast vollständig unter ihrer Nase versteckt. «Es handelt vom Küssen», sagte sie.

Sie war wahrscheinlich schon zu alt für irgendwelche Vorwände.

ELCHE von Richard Brautigan. Der Verfasser war groß und blond und hatte einen langen flachsgelben Schnurrbart, der ihm ein anachronistisches Aussehen verlieh. Er sah aus, als wäre er eigentlich in einer anderen Ära zu Hause.

Das war das dritte oder vierte Buch, das er in die Bibliothek brachte. Jedesmal, wenn er ein Buch hereinbrachte, wirkte er ein wenig älter, ein wenig müder. Er sah noch ziemlich jung aus, als er sein erstes Buch hereinbrachte. Ich kann mich nicht mehr an den Titel erinnern, aber es kommt mir so vor, als hätte es etwas mit Amerika zu tun gehabt.

«Worum geht's diesmal», fragte ich, weil er so aussah, als wollte er, daß ich ihn etwas fragte.

«Einfach noch 'n Buch», sagte er.

Ich hab mich wohl getäuscht, und er wollte gar nicht, daß ich ihn etwas fragte.

ES IST DIE KÖNIGIN DER FINSTERNIS, KUMPEL von Rod Keen. Der Verfasser trug Overall und hatte Gummistiefel an.

«Ich arbeite bei der städtischen Kanalreinigung», sagte er und gab mir das Buch. «Es ist Science-fiction.»

EURE KLEIDER SIND TOT von Les Steinman. Der Verfasser wirkte wie ein jüdischer Schneider aus alter Zeit. Er war sehr alt und sah aus, als hätte er schon für Don Quixote ein paar Hemden geschneidert.

«Ja, das sind sie», sagte er und hielt mir das Buch hin, als wäre es ein Stück Tuch, ein Hosenbein.

JACK, DIE GESCHICHTE EINES KATERS von Hilda Simpson. Die Verfasserin war etwa zwölf Jahre alt und kam gerade in die Pubertät. Zwei zitronengroße Brüste unter einem grünen Pullover. Sie erwachte auf wirklich reizvolle Weise zur Weiblichkeit.

«Was hast du denn heute dabei?» fragte ich.

Hilda hatte schon fünf oder sechs Bücher gebracht.

«Es ist ein Buch über meinen Kater Jack. Er ist wirklich ein großartiges Tier. Ich hab mir gedacht, ich laß ihn in einem Buch auftreten, bring das dann hierher und mache ihn berühmt», sagte sie und lächelte.

DER KULINARISCHE DOSTOJEWSKIJ von James Fallon. Der Verfasser sagte, das Buch wäre ein Kochbuch mit Rezepten, die er in Dostojewskijs Romanen gefunden habe.

«Ein paar davon sind sehr gut», sagte er. «Ich habe alles gegessen, was Dostojewskij jemals gekocht hat.»

MEIN HUND von Bill Lewis. Der Verfasser war sieben Jahre alt und sagte danke, als er sein Buch in ein Regal stellte.

HOMBRE von Clinton Lee. Der Verfasser war ein distinguierter Chinese um die Siebzig.

«Es ist ein Western», sagte er. «Über einen Pferdedieb. Westernlesen ist mein Hobby, deshalb habe ich mich entschlossen, selbst einen zu schreiben. Warum auch nicht? Ich war dreißig Jahre lang Koch in einem Restaurant in Phoenix.»

SIEG IN VIETNAM von Edward Fox. Der Verfasser war ein sehr ernster junger Mann; er sagte, der Sieg in Vietnam könne nur errungen werden, wenn man alle Leute dort tötete. Er empfahl, daß wir, nachdem wir alle Leute getötet hätten, das Land Tschiang-Kai-schek übergeben, damit er dann Rotchina angreifen könnte.

«Es ist nur noch eine Frage der Zeit», sagte er.

DRUCKERSCHWÄRZE von Fred Sinkus. Der Verfasser war ein ehemaliger Journalist; sein Buch war in einer fast unleserlichen Handschrift geschrieben, und jedes seiner Wörter war whiskeygetränkt.

«Das wär's dann», sagte er, als er mir das Buch gab.

«Zwanzig Jahre.» Schwerfällig, wie ein kaum noch seetüchtiges Schiff, lavierte er aus der Bibliothek.

Ich stand da und schaute auf zwanzig Jahre in meinen Händen.

SCHINKENTOD von Marsha Paterson. Die Verfasserin war bis auf den schmerzgequälten Ausdruck in ihrem Gesicht eine ausgesprochen farblose junge Frau. Sie gab mir dieses sagenhaft speckige Buch und lief wie von Furien gehetzt aus der Bibliothek. Das Buch sah wahrhaftig aus wie ein Pfund Schinken. Ich wollte es aufschlagen und sehen, wovon es handelte, aber ich überlegte mir's anders. Ich wußte nicht, ob ich das Buch braten oder in ein Regal stellen sollte.

Hier Bibliothekar zu sein ist manchmal schon eine Herausforderung.

UFO GEGEN CBS von Susan DeWitt. Die Verfasserin war eine alte Frau und sagte mir, ihr Buch, das sie im Haus ihrer Schwester in Santa Barbara geschrieben hätte, handle von einer Verschwörung der Marsmenschen, die das Columbia Broadcasting System in die Hand bekommen wollten.

«Es ist alles hier in meinem Buch», sagte sie. «Wissen Sie noch die fliegenden Untertassen letzten Sommer?»

«Ja, ich erinnere mich», sagte ich.

«Sie sind alle hier drin», sagte sie. Das Buch sah hübsch aus, und ich bin sicher, sie waren alle da drin.

DAS EI, DAS ZWEIMAL GELEGT WURDE von Beatrice Quinn Porter. Die Verfasserin sagte, sie habe sechsundzwanzig Jahre auf einer Hühnerfarm in San José gelebt, und diese Sammlung von Gedichten sei die Summe der Lebensweisheit, die sie dort gefunden habe.

«Es ist vielleicht nicht direkt Literatur», sagte sie. «Ich bin ja nie aufs College gegangen, aber es ist verdammt noch mal über Hühner.»

FRÜHSTÜCK HAT VORTRITT von Samuel Humber. Der Verfasser sagte, daß das Frühstück ein unabdingbarer Bestandteil vernünftigen Reisens wäre und daß es in nur allzu vielen Reiseführern übergangen würde; er habe sich deshalb entschlossen, ein Buch darüber zu schreiben, wie wichtig beim Reisen das Frühstück sei.

DER SCHNELLE WALD von Thomas Funnell. Der Verfasser war etwa dreißig Jahre alt und sah sehr wissenschaftlich aus. Sein Haar war schon etwas gelichtet, und er war offensichtlich dazu aufgelegt, ausführlich über sein Buch zu reden.

«Dieser Wald ist schneller als ein gewöhnlicher Wald», sagte er.

«Wie lange haben Sie denn zum Schreiben gebraucht?» fragte ich, weil ich weiß, daß Schriftsteller diese Frage gerne hören.

«Ich hab's nicht geschrieben», sagte er. «Ich hab's meiner Mutter gestohlen. Geschieht ihr auch ganz recht. Dieses gottverdammte Weibsbild.»

DIE NOTWENDIGKEIT LEGALISIERTER ABTREIBUNG von Dr. O. Der Verfasser war sehr ärztlich und sehr nervös und Ende dreißig. Auf dem Buchumschlag stand kein Titel. Der Inhalt, etwa 300 Seiten, war sehr sauber getippt.

«Das ist alles, was ich tun kann», sagte er.

«Wollen Sie es selber in ein Regal stellen?» fragte ich.

«Nein», sagte er. «Machen Sie das nur. Ich hab getan, was ich konnte. Es ist alles eine himmelschreiende Schande.»

Draußen vor der Bibliothek hat es jetzt gerade zu regnen angefangen. Ich kann hören, wie es gegen die Fenster klatscht und unter den Büchern widerhallt. Sie merken wohl, daß es hier regnet im schönen Dunkel so vieler Wirklichkeiten, wo ich auf Vida warte.

Ihr Büffelmädchen, kommt ihr nicht raus heut nacht?

Ich muß Ihnen jetzt noch sagen, daß der größte Teil der Bibliothek nicht hier ist. Das Gebäude hier ist nicht groß, und es könnte nicht annähernd alle die Bücher aufnehmen, die Jahr für Jahr hierhergebracht werden.

Die Bibliothek existierte schon, bevor sie in den späten siebziger Jahren des vergangenen Jahrhunderts nach San Francisco kam, und die Bibliothek hat während des Erdbebens und des Stadtbrandes im Jahre 1906 nicht ein einziges Buch verloren. Während alle anderen wie eine Schar kopfloser Hühner herumliefen, handelten wir umsichtig: nur keine Panik.

Unsere Bibliothek steht auf einem Hanggrundstück, das sich

den ganzen Block entlang von der Clay Street bis hinunter zur Sacramento Street erstreckt. Wir benutzen bloß einen kleinen Teil des Grundstücks, und der Rest ist von hohem Gras überwuchert, von Büschen und Blumen und Weinflaschen und Liebesnestern.

Von der Clay Street kommen ein paar alte Zementtreppen zwischen grünen und recht belebten Etablissements herunter, und da stehen auch, auf hohen metallenen Spargelstengeln, ein paar uralte elektrische Straßenlaternen, Freunde von Thomas Edison.

Sie stehen auf den Überbleibseln dessen, was einmal der zweite Treppenabsatz war. Die Laternen gehen nicht mehr, und alles ist so zugewachsen, daß man sich fragt, warum es überhaupt einmal existiert hat.

Die Treppen führen zur Rückseite der Bibliothek, die fast vollkommen im Grün verschwindet.

Aber der Rasen vorm Haus ist gut gepflegt. Wir wollen ja nicht, daß es hier ganz und gar so aussieht wie im Dschungel. Das könnte die Leute verschrecken.

Einmal im Monat oder so kommt ein kleiner Negerjunge und mäht den Rasen. Ich hab kein Geld, um ihn zu bezahlen, aber das macht ihm nichts aus. Er macht es, weil er mich mag, und er weiß, daß ich hier drin bleiben muß, daß ich den Rasen nicht selber mähen kann. Ich muß immer hier drin sein, bereit für den Empfang eines neuen Buchs.

Gerade jetzt wächst viel Löwenzahn auf dem Rasen, und ganze Flecken sind von Gänseblümchen übersät wie ein Rohrschachsches Kleiderstoffmuster, entworfen von Rudi Gernreich.

Der Löwenzahn ist ja ein Einzelgänger und hält sich ohnehin zurück, aber diese Gänseblümchen! Sie sind wirklich schlimm. Das sind so die Beobachtungen, die man durch die schwere Glastür hier machen kann.

Wir werden hier permanent von Hundegebell mittlerer Tonfrequenz berieselt; das zieht sich, vom frühen Morgen, wenn die Hunde aufwachen, hin bis in die späten Nachtstunden, wenn die Hunde einschlafen, und manchmal bellen sie auch zwischendrin.

Die Bibliothek ist nur ein paar Haustüren von einer Tierklinik entfernt, und ich bin, obwohl ich die Klinik nicht sehen kann, selten ohne das Gebell der Hunde, und ich hab mich inzwischen dran gewöhnt.

Am Anfang haßte ich ihre verdammte Bellerei. Das hatte ich eigentlich schon immer: eine seltsame Abneigung gegen Hunde. Aber jetzt, in meinem dritten Jahr hier, hab ich mich schon an ihr Gebell gewöhnt, und es stört mich nicht mehr. Manchmal gefällt es mir sogar.

Über den Bücherregalen hier in der Bibliothek sind hohe Bogenfenster, und zwei grüne Bäume ragen in die Fenster hinein und pressen ihr Laub wie grüne Farbe gegen das Glas.

Ich mag die Bäume sehr gern.

Durch die Glastür sieht man auf der anderen Straßenseite eine große, weiße und sehr belebte Autowerkstatt; Autos kommen und gehen in Stunden der Krankheit und Not. In großen blauen Lettern steht ein Wort an der Stirnseite der Werkstatt: GULF.

Bevor die Bibliothek nach San Francisco kam, war sie eine Zeitlang in Saint Louis und dann lange Zeit in New York. Irgendwo haben wir auch eine Menge holländische Bücher.

Weil das Gebäude hier so klein ist, sahen wir uns gezwungen, Tausende von Büchern woanders zu lagern. Wir sind, nach der Erdbebengeschichte von Anno 06, in dieses kleine Backsteindomizil gezogen, um auf Nummer Sicher zu gehen, aber hier ist einfach nicht genug Platz.

Es werden wirklich sehr viele Bücher geschrieben, die hier oben landen, sei es aus Absicht, oder einer geheimen Bestimmung folgend. Wir haben seit Gründung der Bibliothek 114 Bücher über das Ford-T-Modell angenommen, achtundfünfzig Bücher über die Geschichte des Banjos und neunzehn Bücher über das Häuten von Büffeln.

Wir behalten die Eingangsbücher hier, in denen wir jedes angenommene Buch notieren, aber die Bücher selbst befinden sich zum größten Teil in hermetisch verschlossenen Höhlen in Nordkalifornien.

Ich hab mit der Einlagerung der Bücher in den Höhlen nichts zu tun. Das ist Fosters Arbeit. Er bringt mir auch meine Lebensmittel, weil ich ja nicht aus der Bibliothek weg kann. Foster hat sich schon seit ein paar Monaten nicht mehr sehen lassen; wahrscheinlich ist er mal wieder auf einer Sauftour.

Foster trinkt gern, und er tut sich nie schwer, jemanden zu finden, der mit ihm trinkt. Er ist ungefähr vierzig Jahre alt und läuft ständig im T-Shirt herum, ganz gleich wie das Wetter ist, Regen oder Sonne, heiß oder kalt, für sein T-Shirt ist das egal, denn sein T-Shirt ist ein immerwährendes Textil, und erst der Tod wird es ihm rauben.

Foster hat langes, büffelschweres, blondes Haar, und ich habe ihn noch nie anders als schwitzend gesehen. Er ist auf seine korpulente Art enorm freundlich, leutselig könnte man sagen, und er hat eine trickreiche Art, völlig fremde Leute soweit zu bringen, daß sie ihm einen ausgeben. Er zieht auf monatelangen Sauftouren durch die Holzfällerstädte in der Umgebung der Höhlen, zieht mit den Holzarbeitern immer eine Mordsschau ab und jagt hinter den Indianermädchen durch die Wälder.

Er wird wohl bald wieder hier herunter kommen; mit hochrotem Gesicht, verkatert und voller Entschuldigungen wird er in seinem großen Transporter angefahren kommen, den er dann wieder mit einem Schwung Bücher für die Höhlen volladen kann.

BUCH II

Vida

Vida

Als ich Vida, die mit dem verkehrten Körper auf die Welt gekommen ist, kennenlernte, war sie unfähig, einen richtig anzusehen, und wollte sich immer verkriechen und verstecken vor dem Ding, in das sie eingeschlossen war.

Das war Ende letzten Jahres in San Francisco.

Sie kam eines Abends nach der Arbeit in die Bibliothek. Die Bibliothek war «geschlossen», und ich war gerade in meinem Zimmer, machte Kaffee und dachte an die Bücher, die an diesem Tag hereingekommen waren.

Eins der Bücher handelte von einem großen Polyp, der Lederflügel hatte, nachts durch verlassene Schulhöfe flog und Einlaß in die Klassenzimmer begehrte.

Ich tat mir gerade Zucker in den Kaffee, als die Glocke ganz leise klingelte, aber immer noch laut genug, um mich zu alarmieren und zur Pflicht zu rufen.

Ich ging hinaus und machte in der Bibliothek das Licht an, und an der Tür stand ein junges Mädchen und wartete hinter dem schweren heiligen Glas.

Sie irritierte mich irgendwie.

Sie hatte ein unglaublich zartes Gesicht, wunderschön, und langes schwarzes Haar hing um ihre Schultern wie Fledermausblitze, aber da war noch etwas, etwas sehr Ungewöhnliches, ich konnte eigentlich nicht sagen, was das war, weil ihr Gesicht mich sofort wie ein vollkommenes Labyrinth irreführte, ablenkte von etwas sehr Beunruhigendem.

Sie sah mich nicht direkt an, als sie wartete, daß ich die Tür aufsperrte und sie hereinließe. Sie trug etwas unterm Arm. Es war in einer braunen Tüte und sah aus wie ein Buch.

Noch eins für die Höhlen.

«Hallo», sagte ich. «Kommen Sie doch bitte rein.»

«Danke», sagte sie und kam zögernd herein. Es wunderte mich, daß sie so verlegen war. Sie schaute mich nicht direkt an, und sie schaute auch nicht in den Raum. Sie schaute auf irgend etwas anderes. Dieses Etwas, auf das sie schaute, war weder vor mir noch hinter mir noch neben mir.

«Was haben Sie denn da? Ein Buch?» fragte ich mit freundlicher Bibliothekarsstimme, um ihr über ihre Verlegenheit hinwegzuhelfen.

Ihr Gesicht war sehr zart: der Mund, die Augen, die Nase, das Kinn, die Rundung ihrer Wangen, alles war wunderschön. Es tat fast weh, wenn man sie länger anschaute.

«Ja», sagte sie. «Hoffentlich hab ich Sie nicht gestört. Es ist schon so spät.»

«Nein», sagte ich. «Überhaupt nicht. Kommen Sie doch bitte hier an das Pult, dann können wir Ihr Buch im Bibliotheks-Hauptkatalog registrieren. So geht das bei uns hier.»

«Ich hab mir schon überlegt, wie das bei Ihnen hier so zugeht», sagte sie.

«Hatten Sie einen weiten Weg hierher?» fragte ich.

«Nein», sagte sie. «Ich komm grad von der Arbeit.»

Sie schaute auch nicht sich selber an. Ich weiß nicht, was sie anschaute, aber irgendwas schaute sie unverwandt an. Ich glaube, dieses Etwas, das sie anschaute, war in ihr drin. Es hatte eine Form, die nur sie sehen konnte.

Sie ging zögernd zum Pult hinüber – sie war wirklich erstaunlich verlegen –, aber wieder lenkte mich die fast unergründliche Zartheit ihres Gesichts von der Ursache ihrer Verlegenheit ab.

«Hoffentlich stör ich Sie nicht. Es ist doch schon so spät», sagte sie, irgendwie hoffnungslos, und dann riß sie sich los von dem Ding, auf das sie dauernd schaute, und warf mir einen lichtschnellen Blick zu.

O doch, sie störte mich schon, aber anders, als sie dachte. Irgend etwas an ihr stimmte nicht, aber ich fand einfach nicht heraus, was. Ihr Gesicht war wie ein Kreis aus Spiegeln, der mich davon ablenkte.

«Nein, überhaupt nicht», sagte ich. «Das ist ja meine Arbeit, und ich mach sie sehr gerne. Es gibt keinen Platz auf der Welt, an dem ich lieber wäre als hier.»

«Was?» fragte sie. «Ich liebe meine Arbeit», sagte ich.

«Das ist schön, Sie sind glücklich», sagte sie. Sie sprach das

Wort glücklich aus, als ob sie es aus großer Entfernung durch ein Fernrohr betrachtete. In ihrem Mund klang das Wort kosmisch, kühl und galileisch.

Und dann merkte ich, was so außergewöhnlich seltsam an ihr war. Ihr Gesicht war so zart, vollkommen, aber für die Zerbrechlichkeit ihres Gesichts war ihr Körper phantastisch entwickelt.

Sie hatte sehr große, voll realisierte Brüste und eine unglaublich winzige Taille und große, volle Hüften, die sich nach unten in lange grandiose Beine verjüngten.

Ihr Körper war sehr sinnlich, weckte wollüstige Gefühle, während ihr Gesicht war wie die Gesichter der Frauen bei Botticelli und die Gedanken ins Ätherische abschweifen ließ.

Plötzlich spürte sie, daß ich ihren Körper erkannt hatte. Sie wurde rot, Bitterkeit lag in ihrem Gesicht, und sie langte in die Tüte und nahm ihr Buch heraus.

«Hier ist mein Buch», sagte sie.

Sie legte es aufs Pult, und beinahe wäre sie dabei einen Schritt zurückgetreten. Sie wollte es tun, aber sie überlegte es sich noch anders. Wieder sah sie mich an, und ich spürte, daß jemand aus ihr nach draußen schaute, als wäre ihr Körper ein Schloß, in dem eine Prinzessin lebte.

Ihr Buch hatte einen einfachen braunen Umschlag, auf dem kein Titel stand. Das Buch sah aus wie ein kahles Stück Erde, das in einer unerbittlichen Hitze brannte.

«Wovon handelt es denn?» fragte ich; ich hielt das Buch in der Hand und spürte, wie etwas fast Feindseliges von ihm ausging.

«Es handelt von dem da», sagte sie, und plötzlich knöpfte sie, fast hysterisch, ihren Mantel auf und riß ihn auf, als wäre er die Tür zu einem schrecklichen Kerker voller Folterinstrumente, Schmerzen und unerhörten Geständnissen.

Sie hatte einen blauen Pullover an, einen blauen Rock und diese schwarzen Lederstiefel, wie man sie heute trägt. Sie hatte einen phantastisch vollen und entwickelten Körper unter ihren Kleidern, bei dessen Anblick die Filmstars und Schönheitsköniginnen und Revuemädchen vor Neid bittere Schminke abgesondert hätten.

Ihre Formen waren zum Äußersten dessen entwickelt, wovon der Mann der westlichen Hemisphäre in unserem Jahrhundert träumt; die großen Brüste, die winzige Taille, die vollen Hüften, die langen *Playboy*-Möbelbeine.

Sie war so schön, daß die Werbeleute einen Nationalpark aus ihr gemacht hätten, wenn sie sie in die Finger bekommen hätten. Auf einmal strudelte es in ihren Augen wie in einem Tümpel, und sie fing an zu weinen.

«Das Buch ist über meinen Körper», sagte sie. «Ich hasse ihn. Er ist zu groß für mich. Er gehört zu jemand anderem. Nicht zu mir.»

Ich langte in meine Tasche und holte ein Taschentuch und einen Schokoladenriegel heraus. Wenn jemand Kummer hat oder Sorgen, dann sag ich ihm immer, daß alles gut werden wird, und geb ihm einen Schokoladenriegel. Das verblüfft die Leute, und es tut ihnen gut.

«Es wird alles gut werden», sagte ich.

Ich gab ihr ein Milky Way. Sie hielt es in ihrer Hand und starrte es verblüfft an. Und ich gab ihr das Taschentuch. «Wischen Sie Ihre Tränen ab», sagte ich. «Und essen Sie das Milky Way; ich hol inzwischen ein Glas Sherry.»

Sie fummelte zerstreut mit dem Schokoladenpapier herum, als wäre es ein Instrument aus einem fernen, künftigen Jahrhundert; ich ging hinaus und holte den Sherry für uns. Wir hatten ihn wohl beide nötig.

Als ich zurückkam, aß sie gerade den Schokoladenriegel. «Das schmeckt gut, was?» sagte ich und lächelte.

Sie fand es sehr komisch, daß ich ihr einen Schokoladenriegel gegeben hatte, und das brachte ein Lächeln auf ihr Gesicht, ein ganz schwaches Lächeln nur, und jetzt sah sie mich fast voll an.

«Setzen Sie sich doch bitte hier drüben hin», sagte ich und zeigte auf einen Tisch und ein paar Stühle. Sie setzte sich hin, als wäre ihr Körper zwanzig Zentimeter größer als sie. Als sie schon saß, war ihr Körper immer noch dabei, sich hinzusetzen.

Ich schenkte uns ein Glas Gallo Sherry ein; das war das Äußerste, was sich die Bibliothek leisten konnte, und dann saßen wir eine Weile in betretenem Schweigen da und nippten an unserem Sherry.

Ich wollte ihr sagen, daß sie ein sehr schönes Mädchen sei und daß sie sich keinen Kummer machen solle und daß es ganz verkehrt sei, sich selbst so herabzusetzen, aber ich überlegte mir's sofort wieder anders.

Das war nicht das, was sie hören wollte, und das war auch nicht wirklich das, was ich sagen wollte. Schließlich hab ich ja auch noch ein bißchen mehr Verstand. Wir wollten beide nicht hören, was ich ihr zuerst hatte sagen wollen.

«Wie heißen Sie denn?» fragte ich.

«Vida. Vida Kramar.»

«Wollen Sie lieber V-(ie)-da genannt werden oder V-(ei)-da?»

Sie mußte lächeln.

«V-(ei)-da.»

«Wie alt sind Sie?»

«Neunzehn. Ich werde bald zwanzig. Am Achten.»

«Studieren Sie?»

«Nein, ich arbeite nachts. Ich bin eine Zeitlang auf die State University gegangen, dann auf die University of California, aber das war nichts. Jetzt arbeite ich nachts. Das ist O.k.»

Jetzt schaute sie mich *beinahe* an.

«Sind Sie gerade erst mit Ihrem Buch fertig geworden?» fragte ich.

«Ja, ich bin gestern damit fertig geworden. Ich wollte erzählen, wie das ist, wenn man so ist wie ich. Das war wohl das einzige, was ich in meiner Lage noch tun konnte. Als ich elf Jahre alt war, hatte ich Oberweite einundneunzig. Ich war in der sechsten Klasse.

In den letzten acht Jahren bin ich das Objekt, die Glanznummer und die Zielscheibe von mindestens einer Million dreckigen Witzen gewesen. In der siebten Klasse nannten sie mich ‹Puffer›. Reizend was? Es ist nie mehr anders geworden.

Mein Buch handelt von meinem Körper, davon, wie schrecklich es ist, wenn man den Leuten so ausgesetzt ist: dieses Kriechen und Krabbeln und Saugen an etwas, das nicht ich bin. Meine ältere Schwester sieht so aus, wie ich wirklich bin.

Es ist schrecklich.

Jahrelang träumte ich immer wieder, daß ich mitten in der

Nacht aufgestanden und ins Zimmer meiner Schwester gegangen wäre und daß wir unsere Körper getauscht hätten. Ich legte meinen Körper ab und nahm ihren. Er paßte wunderbar.

Wenn ich dann aufwachte, hatte ich meinen eigenen wahren Körper, und sie hatte dieses furchtbare Ding, das ich jetzt trage. Ich weiß, das ist nicht gerade ein netter Traum, aber ich hatte ihn noch bis vor ein paar Jahren.

Sie werden nie wissen, wie das ist, wenn man so ist wie ich. Ich kann nirgendwo hingehen, ohne Pfiffe, Gegrunze, Gejohle oder mehr oder weniger obszöne Bemerkungen zu provozieren, und jeder, den ich kennenlerne, will immer gleich mit mir ins Bett gehen. Ich hab den verkehrten Körper.»

Jetzt schaute sie mich lange und direkt an. Ihr Blick war klar und unverrückbar wie ein großes Haus mit vielen Fenstern, das ganz und gar hier in der Welt steht.

Sie fuhr fort: «Mein ganzes Leben ist eine einzige Quälerei gewesen. Ich hab das Buch hier geschrieben, um zu sagen, wie furchtbar körperliche Schönheit ist, um ihren ganzen Schrekken zu beschreiben. Vor drei Jahren ist ein Mann wegen meinem Körper bei einem Autounfall ums Leben gekommen. Das passierte, als ich auf einer Landstraße ging. Ich war mit meinen Leuten an den Strand gefahren, aber ich konnte es da einfach nicht länger aushalten.

Sie wollten unbedingt, daß ich einen Badeanzug anziehe. ‹Sei doch nicht so kindisch, entspann dich und freu dich doch.› Mir war ganz jämmerlich zumute von der ganzen Aufmerksamkeit, die ich erregte. Als einem achtzigjährigen Mann seine Eistüte aus der Hand und auf den Fuß fiel, zog ich meine Kleider wieder an und ging zu der Straße hinauf, die hinter dem Strand entlangläuft. Ich mußte einfach irgendwo hingehen.

Von hinten kam ein Mann in seinem Auto angefahren. Er fuhr langsam neben mir her und glotzte mich blöd an. Ich versuchte, ihn einfach zu ignorieren, aber er war sehr ausdauernd. Er vergaß vollständig, wo er war und was er tat, und fuhr seinen Wagen direkt in einen Zug hinein. Ich lief zu ihm hin; er lebte noch. Er starb in meinen Armen, seinen starren Blick immer noch auf mich gerichtet. Es war furchtbar. Wir waren beide voller Blut, aber seine Augen ließen mich einfach nicht los. Der Armknochen stand ein Stück heraus. Sein Rücken fühlte sich ganz seltsam an. Als er starb, sagte er: ‹Sie sind wunderschön.› Das hatte mir gerade noch gefehlt, damit ich mich auf ewige Zeiten vollkommen fühlen konnte.

Auf der Highschool, als ich fünfzehn war, trank ein Schüler in der Chemiestunde Salzsäure, weil ich nicht mit ihm ausgehen wollte. Er war sowieso ein bißchen schräg, aber das machte es auch nicht besser für mich. Der Direktor verbot mir, im Pullover in die Schule zu kommen.

Es ist das da», sagte Vida, und ihre Hände machten eine traurige, verregnete Geste. «Nicht ich. Ich kann nichts für das, was er anrichtet. Ich versuche nicht, und ich hab's noch nie versucht, meinen Körper zu benutzen, um irgendwas aus irgend jemandem herauszuholen.

Die ganze Zeit verstecke ich mich vor ihm. Können Sie sich vorstellen, daß Sie Ihr ganzes Leben damit verbringen, sich vor Ihrem Körper zu verstecken, als wär er ein Monster in einem Gruselfilm, und daß man ihn doch jeden Tag braucht und benutzen muß, um zu essen, zu schlafen und von einem Ort zum andern zu kommen?

Und wenn ich in die Badewanne gehe, muß ich mich jedesmal fast übergeben. Ich steck in der verkehrten Haut.»

Während sie mir das alles erzählte, ließen mich ihre Augen kein einziges Mal los. Ich kam mir vor wie eine Statue im Park. Ich schenkte ihr und auch mir noch ein Glas Sherry ein. Ich hatte das Gefühl, daß wir in dieser Nacht noch eine ganze Menge Sherry brauchen würden.

«Ich weiß nicht, was ich sagen soll», sagte ich. «Ich bin bloß Bibliothekar. Ich kann nicht so tun, als ob Sie nicht sehr schön wären, dann könnte ich ja genausogut tun, als wären Sie jetzt ganz woanders auf der Welt, in China meinetwegen oder in Afrika, oder als wären Sie ein ganz anderer Stoff, eine Pflanze oder ein Autoreifen oder Tiefkühlerbsen oder eine Busfahrkarte. Verstehen Sie?»

«Ich weiß nicht», sagte sie.

«Es ist wahr. Sie sind ein hübsches Mädchen, und das wird sich nicht ändern, also beruhigen Sie sich und gewöhnen Sie sich daran.»

Sie seufzte und schlüpfte ungeschickt aus ihrem Mantel und ließ ihn über die Stuhllehne hinter sich fallen: er hing da wie eine Gemüseschale.

«Ich hab mal versucht, formlose Sackkleider anzuziehen, richtige Muh-Muh-Klamotten, aber das hat nicht funktioniert, weil's mir einfach zu dumm geworden ist, wie eine fette Kuh herumzulaufen. Dieses fleischige Ding hier reicht ja eigentlich schon, aber es wird einfach zuviel, wenn man sich dann auch noch Gammlerflittchen nennen lassen muß.»

Sie lächelte mich groß und strahlend an und sagte: «Ist ja auch egal, das ist mein Problem. Was machen wir denn nun? Was ist jetzt dran? Haben Sie noch mehr Schokoladenriegel?»

Ich tat so, als wollte ich einen aus meiner Tasche holen, und sie mußte laut lachen. Das war sehr angenehm.

Plötzlich wandte sie mir auf recht energische Art ihre Aufmerksamkeit zu. «Warum sind Sie eigentlich in dieser komischen Bibliothek hier?» fragte sie. «Hier, wo nur Verlierer ihre Bücher hinbringen. Das interessiert mich jetzt. Was ist denn Ihre Geschichte, Herr Bonbon-Bibliothekar?»

Sie lächelte, als sie das alles sagte.

«Ich arbeite hier», sagte ich.

«Das ist zu einfach. Wo sind Sie hergekommen? Wo gehen Sie hin?»

«Na ja, ich hab schon alles mögliche gemacht», sagte ich. Meine Stimme klang gekünstelt alt. «Ich hab in Konservenbetrieben gearbeitet, in Sägewerken und Fabriken, und jetzt bin ich hier.»

«Wo wohnen Sie denn?»

«Hier», sagte ich.

«Sie wohnen hier in der Bibliothek?» fragte sie.

«Ja. Ich hab hinten ein großes Zimmer mit einer kleinen Küche und einer Toilette.»

«Lassen Sie mich das doch mal sehen», sagte sie. «Sie machen mich auf einmal neugierig. Daß ein so junger und so alter Mann wie Sie in einem so zwielichtigen Laden arbeitet, ist nicht gerade ein Zeichen, daß Sie es allzuweit gebracht haben.»

«Das haben Sie wirklich gut erfaßt», sagte ich, weil sie mich wirklich getroffen hatte.

«Ich hab einen guten Blick», sagte sie. «Ich bin vielleicht krank, aber ich bin nicht dumm. Zeigen Sie mir Ihr Zimmer.»

«Ja, wissen Sie», sagte ich ausweichend. «Das verstößt ein wenig gegen die Vorschriften.»

«Seien Sie doch nicht albern», sagte sie. «Sie wollen doch wohl nicht sagen, man könnte hier noch gegen irgendwelche Vorschriften verstoßen. Ich weiß nicht, wie ich's Ihnen nahebringen soll, aber Sie haben hier eine ziemlich abseitige Aktion laufen. Diese Bibliothek ist eine leicht angeknackste Angelegenheit.»

Sie stand auf und reckte sich verlegen, aber der Rest ist schwer zu beschreiben. Ich hatte noch nie in meinem Leben eine Frau gesehen, die einen so vollkommenen Körper hatte, einen Körper, dessen Zauber jetzt auf mich wirkte. So sicher, wie die Flut ans Ufer treibt, so sicher war es jetzt, daß ich ihr mein Zimmer zeigte.

«Ich nehme meinen Mantel lieber mit», sagte sie. Sie hängte sich ihren Mantel über den Arm. «Nach Ihnen, Herr Bibliothekar.»

«Ich hab das noch nie gemacht», sagte ich, irgendwie abwesend, als ob es an niemanden gerichtet wäre.

«Ich auch nicht», sagte sie. «*Die* Erfahrung geht uns beiden noch ab.»

Ich wollte noch etwas sagen, aber Geistesabwesenheit lähmte mir die Zunge und machte sie zu etwas Fernem und Zwecklosem.

«Die Bibliothek ist jetzt nicht wirklich offen, oder?» fragte sie. «Ich meine, es ist schon nach Mitternacht, und sie ist nur offen für besondere Bücher, für Zuspätgekommene wie mich, das ist doch so?»

«Ja, sie ist ‹geschlossen›, aber –»

«Aber was?» fragte sie.

Ich weiß auch nicht, woher dieses «aber» kam, aber es verschwand genauso schnell, wie es gekommen war, kehrte zurück ins Reich vergessener Konjunktionen.

«Aber nichts», sagte ich.

«Dann machen Sie mal lieber das Licht aus», sagte sie. «Sie wollen doch keinen Strom vergeuden.»

«Ja», sagte ich. Ich merkte, wie sich eine Tür hinter mir schloß, merkte, wie dieses zuerst so schüchtern und unglücklich wirkende Mädchen sich in etwas anderes verwandelte, etwas Starkes, und ich wußte nicht, wie ich damit zurechtkommen sollte.

«Ich mach lieber das Licht aus», sagte ich.

«Ja», sagte sie.

Ich drehte das Licht in der Bibliothek aus und drehte in meinem Zimmer das Licht an. Das war nicht alles, was ich andrehte, als sich eine Tür hinter uns schloß und eine Tür vor uns öffnete.

«Ihr Zimmer ist sehr einfach eingerichtet», sagte sie und legte ihren Mantel auf mein Bett. «Ich mag das. Ihr Leben muß sehr einsam sein mit all den Verlierern und Spinnern, mich eingeschlossen, die ihre Bücher hierher bringen.»

«Für mich ist das Zuhause», sagte ich.

«Das ist traurig», sagte sie. «Wie lange sind Sie schon hier?»

«Jahre», sagte ich. Was zum Teufel.

«Sie sind zu jung, als daß Sie schon so lange hier sein könnten», sagte sie. «Wie alt sind Sie denn?»

«Einunddreißig.»

«Das ist ein schönes Alter.»

Sie stand mit dem Rücken zu mir und schaute den Schrank in meiner Küche an. «Sie können mich ruhig ansehen», sagte sie, ohne den Kopf auch nur ein wenig zu drehen. «Aus irgendeinem komischen Grund hab ich nichts dagegen, wenn Sie mich ansehen. Ich fühl mich sogar wohl dabei, aber hören Sie auf, sich dabei wie ein Bandit zu benehmen.»

Darüber mußte ich lachen.

Plötzlich drehte sie sich um und sah mich erst halb, dann voll an und lächelte ruhig: «Ich hab's wirklich schwer damit.»

«Ich glaub, ich kann das fast verstehen», sagte ich.

«Das ist nett», sagte sie. Sie strich mit der Hand ihr langes schwarzes Haar zurück, und dabei entlud sich ein ganzes Gewitter von Fledermausblitzen.

«Jetzt hätte ich gern einen Kaffee», sagte sie und schaute mich an.

«Ich setz Wasser auf», sagte ich.

«Nein, lassen Sie mich das machen», sagte sie. «Ich mach guten Kaffee. Das ist meine Spezialität. Nennen Sie mich einfach Prinzessin Coffein.»

«Ach ja, verdammt», sagte ich, ein wenig verwirrt. «Ich hab leider bloß Nescafé.»

«Dann eben Nescafé», sagte sie. «Wir passen uns einfach an. Vielleicht hab ich auch mit Nescafé eine gute Hand. Man kann nie wissen.» Sie lächelte.

«Ich bring Ihnen das Zeug», sagte ich. «Es ist –»

«O nein», sagte sie. «Lassen Sie mich das machen. Ich bin ein wenig neugierig auf Ihre Küche da. Ich will mehr über Sie herausfinden, und diese kleine Küche ist ein guter Anfang. Ich seh allerdings auf einen Blick, daß Sie so ähnlich sind wie ich. Sie sind nicht zu Hause in der Welt.»

«Lassen Sie mich doch wenigstens den Kaffee holen», sagte ich. «Er ist –»

«Setzen Sie sich hin», sagte sie. «Sie machen mich nervös. Nescafé kann immer nur einer machen. Ich finde schon alles.»

Ich setzte mich neben ihren Mantel aufs Bett.

Sie fand alles und machte Kaffee, als würde sie ein Festessen zubereiten. Ich hab noch nie erlebt, daß soviel Hingabe und Eloquenz für eine Tasse Nescafé aufgewendet wurden. Es war fast, als ob die Herstellung einer Tasse Nescafé ein Ballett wäre und sie eine Ballerina, die ihre Pirouetten drehte zwischen dem Löffel, den Tassen, dem Kaffeeglas und dem Tiegel mit kochendem Wasser. Sie räumte das Durcheinander von meinem Tisch, entschied dann aber, daß wir den Kaffee auf meinem Bett trinken sollten, weil das bequemer wäre.

Wir saßen auf dem Bett, gemütlich wie zwei Maden im Speck, tranken Kaffee und sprachen über unser Leben. Sie arbeitete als Laborantin in einem kleinen Institut, das – im Bemühen, einige der kniffligeren wissenschaftlichen Fragen zu lösen – die Auswirkungen verschiedener Experimente auf Hunde untersuchte.

«Wie haben Sie den Job bekommen?» fragte ich.

«Durch eine Anzeige im *Chronicle*.»

«Was ist an der State University passiert?»

«Da ist es mir zu blöd geworden. Einer meiner Englischlehrer hatte sich in mich verliebt. Als ich ihm sagte, er solle abhauen, hat er mich durchfallen lassen. Das hat mich furchtbar aufgeregt, und ich bin auf die University of California übergewechselt.»

«Und was war da?»

«Dieselbe Geschichte. Ich weiß nicht, was mit Englischlehrern los ist, aber sie fallen wie die Guillotinen, wenn sie mich kommen sehen.»

«Wo sind Sie denn geboren?»

«Santa Clara. Und jetzt hab ich Ihnen aber genug Fragen beantwortet. Erzählen Sie mir jetzt mal, wie Sie den Job hier bekommen haben. Was ist Ihre Geschichte, Herr Bibliothekar?»

«Ich habe Besitz davon ergriffen.»

«Das war also keine Anzeige in der Zeitung?»

«Nein.»

«Wie haben Sie denn davon Besitz ergriffen?»

«Der Knabe, der vor mir hier war, konnte Kinder nicht ausstehen. Er glaubte, sie wollten seine Schuhe stehlen. Ich kam mit einem Buch, das ich geschrieben hatte, hier herein, und während er es im Bibliotheks-Hauptkatalog notierte, kamen ein paar Kinder herein, und er schnappte über; deshalb sagte ich ihm, es wäre besser, wenn ich die Bibliothek übernehmen würde, und er sollte lieber etwas machen, das nichts mit Kindern zu tun hätte. Er sagte mir, er glaube auch, daß er durchdrehen würde, und so hab ich den Job hier bekommen.»

«Was haben Sie gemacht, bevor Sie hier angefangen haben?»

«Ich hab schon 'ne ganze Menge getrieben: Konserven, Sägewerke, Fabriken. Ein paar Jahre lang hat mich eine Frau ausgehalten, dann bin ich ihr zu langweilig geworden, und sie hat mir einen Tritt in den Hintern gegeben. Ich weiß nicht», sagte ich.

«Es war alles ziemlich kompliziert, bevor ich hier angefangen hab.»

«Was wollen Sie machen, wenn Sie hier aufhören, oder überlegen Sie sich das erst, wenn Sie kündigen?»

«Ich weiß nicht», sagte ich. «Irgendwas wird sich schon auftun. Vielleicht ein neuer Job oder wieder eine Frau, die mich aushält, oder vielleicht schreib ich einen Roman und verkaufe ihn an den Film.»

Das amüsierte sie.

Wir hatten unsern Kaffee ausgetrunken. Es war komisch, weil wir plötzlich beide merkten, daß wir keinen Kaffee mehr zu trinken hatten und daß wir zusammen auf dem Bett saßen.

«Was machen wir jetzt?» fragte sie. «Wir können keinen Kaffee mehr trinken, und es ist schon spät.»

«Ich weiß nicht», sagte ich.

«Es ist wahrscheinlich zu schmalzig, wenn wir miteinander ins Bett gehen», sagte sie. «Aber mir fällt nichts Besseres ein, was wir jetzt tun könnten. Ich will nicht nach Hause gehen und allein schlafen. Ich mag Sie. Ich will heute nacht hier bei Ihnen bleiben.»

«Das ist eine verzwickte Sache», sagte ich.

«Wollen Sie mit mir schlafen?» fragte sie. Sie schaute mich nicht an, aber sie schaute auch nicht weg. Es war etwas dazwischen: ihre Augen sahen halb mich an, und halb dachten sie an etwas anderes.

«Wir können nirgendwo sonst hingehen», sagte ich. «Ich käme mir wie ein Verbrecher vor, wenn Sie jetzt gehen würden. Es ist schwer, mit jemand Fremdem zu schlafen. Ich hab das schon vor Jahren aufgegeben, aber ich glaube, wir sind uns nicht wirklich fremd. Was glauben Sie?»

Sie wandte mir ihre Augen dreiviertel zu.

«Nein, wir sind uns nicht fremd.»

«Wollen Sie mit mir schlafen?» fragte ich.

«Ich weiß nicht, was das mit Ihnen ist», sagte sie. «Aber ich fühl mich wohl bei Ihnen.»

«Das kommt von meinen Kleidern. Sie entspannen. Das war schon immer so. Ich weiß, wie ich Sachen bekomme, die andere Leute aufmuntern, wenn sie mit mir zusammen sind.»

«Ich will nicht mit Ihren Kleidern schlafen», sagte sie lächelnd.

«Wollen Sie mit mir schlafen?» fragte ich.

«Ich hab noch nie mit einem Bibliothekar geschlafen», sagte sie, 99 Prozent zu mir gewandt. Das andere 1 Prozent wartete noch darauf, sich mir zuzuwenden. Ich sah, wie es anfing, sich herüberzudrehen.

«Ich hab heute nacht ein Buch hier hereingebracht, in dem ich meinen Körper grotesk und elefantenhaft genannt habe, aber jetzt will ich diesen unhandlichen Apparat nehmen und hier neben Ihnen in dieser komischen Bibliothek liegen.»

Countdown bis Tijuana

Es ist schon eine unwirkliche Sache, wenn man sich zum allerersten Mal vor jemand, der einem noch fremd ist, auszieht. Es ist eigentlich nicht das, was man vorhatte. Der eigene Körper wendet sich fast von sich selber ab und fühlt sich fremd in dieser Welt.

Wir leben den größten Teil unseres Lebens heimlich unter unseren Kleidern, außer in einem Falle wie bei Vida, deren Körper außerhalb lebte wie ein verlorener Kontinent mit Dinosauriern, die sie selbst ausgesucht hatte.

«Ich mach das Licht aus», sagte sie. Sie saß neben mir auf dem Bett.

Die Angst in ihrer Stimme erschreckte mich. Ein paar Sekunden zuvor schien sie noch fast entspannt. Sie konnte das Mobiliar in ihrem Kopf wirklich ganz schön schnell umstellen. Ich reagierte darauf, indem ich mit fester Stimme sagte:

«Nein, bitte laß es.»

Ihre Augen hörten ein paar Sekunden lang auf, sich zu bewegen, wie blaue Flugzeuge, die plötzlich eine Bruchlandung machen.

«Ja», sagte sie. «Das ist eine gute Idee. Es wird sehr schwer werden, aber ich hab keine andere Wahl. *Ich kann ja nicht ewig so weitermachen.*»

Sie deutete auf ihren Körper, als wäre er weit weg in einem einsamen Tal und als schaute sie von einem Berggipfel aus zu ihm hinunter. Plötzlich waren Tränen in ihren Augen. Die blauen Flügel der Flugzeuge waren jetzt voll Regen.

Dann hörte sie auf zu weinen, ohne daß auch nur eine Träne

aus ihren Augen gekommen wäre. Ich schaute noch mal hin, aber alle Tränen waren verschwunden. «Wir müssen das Licht anlassen», sagte sie. «Ich werde nicht weinen. Ich versprech's.»

Ich streckte meine Hand aus und zum erstenmal in zwei Milliarden Jahren berührte ich Vida. Ich berührte ihre Hand. Meine Finger strichen behutsam über ihre Finger. Ihre Hand war fast kalt.

«Du bist ja kalt», sagte ich.

«Nein», sagte sie. «Nur meine Hand.»

Sie rutschte verlegen ein Stück zu mir herüber und legte ihren Kopf an meine Schulter. Als mich ihr Kopf berührte, spürte ich, wie mir das Blut durch den Körper schoß und wie sich meine Nerven und Muskeln geisterhaft in die Zukunft dehnten.

Meine Schulter badete in weicher weißer Haut und langem fledermausblitzendem Haar. Ich ließ ihre Hand los und berührte ihr Gesicht. Es war tropisch heiß.

«Siehst du», sagte sie mit einem leichten Lächeln. «Es war nur meine Hand.»

Es hatte etwas Wahnwitziges, sich um ihren Körper herumzuarbeiten und zu vermeiden, daß sie scheu wurde wie ein Reh und in den Wald davonlief. Ich verlagerte das Gewicht meiner Schulter auf poetische Art wie die letzten Zeilen eines Shakespeare-Sonetts (Liebe ist kind: dann sprech ich richtig doch / Von vollem wuchs so weitres wachstum noch!) und ließ gleichzeitig ihren Körper aufs Bett gleiten.

Sie lag da und schaute zu mir hoch, während ich mich vorbeugte, mich langsam zu ihr hinunterbeugte und sie so sanft, wie ich konnte, auf den Mund küßte. Ich wollte nicht, daß dieser erste Kuß auch nur den leisesten Niederschlag, auch nur die spärlichste Geste des Fleischmarktes an sich habe.

Die Entscheidung

Es ist eine schwere Entscheidung, ob man bei einem Mädchen oben oder unten anfängt. Bei Vida wußte ich wirklich nicht, wo ich anfangen sollte. Es war wirklich ein Problem.

Nachdem sie die Arme ausgestreckt und mein Gesicht in das kleine Gefäß ihrer Hände legte und mich leise immer wieder küßte, mußte ich irgendwo anfangen.

Sie schaute mich die ganze Zeit an, ihre Augen ließen mich nicht los, als wäre ich ein Flugplatz.

Ich tauschte die Gefäße aus, und ihr Gesicht war jetzt eine Blume in meinen Händen. Während ich sie küßte, ließ ich meine Hände langsam über ihr Gesicht gleiten und dann weiter hinunter über ihren Hals bis zu ihren Schultern.

Ich merkte, wie die Zukunft in ihrem Kopf in Bewegung kam, als ich am Rand ihrer Brüste anlangte. Ihre Brüste unter ihrem Pullover waren so groß, so vollkommen geformt, daß mein Magen plötzlich ganz oben auf einer Trittleiter war, als ich sie zum ersten Mal berührte.

Ihre Augen ließen mich nicht los, und ich konnte in ihnen sehen, wie ich ihre Brüste berührte. Es war wie ein kurzes, blaues Wetterleuchten.

Ich war auf eine bibliothekarische Art beinahe unschlüssig.

«Ich versprech's», sagte sie, faßte ungeschickt meine Hände und drückte sie fester gegen ihre Brüste. Sie hatte natürlich keine Ahnung, was das bei mir bewirkte. Die Trittleiter begann zu kreisen.

Sie küßte mich wieder, aber diesmal mit ihrer Zunge. Ihre Zunge glitt zu meiner wie ein Stück heißes Glas.

Eine weiterführende Entscheidung

Es war ja meine eigene Entscheidung gewesen, oben anzufangen, und ich würde sie jetzt ausführen müssen, und wir erreichten schon bald den Punkt, an dem ihre Kleider dran waren.

Ich merkte, daß sie nichts damit zu tun haben wollte. Sie würde nicht mithelfen. Das blieb alles mir überlassen.

Verdammt.

Das war nicht ganz das, was ich mir vorgestellt hatte, damals, als ich in der Bibliothek anfing. Ich hatte mich einfach nur um die Bücher kümmern wollen, weil der andere Bibliothekar das nicht mehr geschafft hatte. Er hatte Angst vor Kindern, aber jetzt war es natürlich zu spät, über seine Ängste nachzudenken. Ich hatte meine eigenen Probleme.

Ich war leider nicht dabei stehengeblieben, das Buch dieses seltsamen ungeschickten wunderschönen Mädchens anzunehmen. Ich sollte jetzt ihren Körper annehmen, der vor mir lag und den man noch entkleiden mußte, damit unsere Körper zusammenkommen konnten wie eine Brücke über dem Abgrund.

«Ich brauche deine Hilfe», sagte ich.

Sie sagte nichts. Sie starrte mich einfach weiter an. Das kurze blaue Wetterleuchten blitzte wieder in ihren Augen, aber an den Rändern war es entspannt.

«Was kann ich tun?» fragte sie.

«Setz dich bitte mal auf», sagte ich.

«Ja gut.» Sie setzte sich ungeschickt auf.

«Heb bitte mal die Arme hoch», sagte ich.

«So einfach ist das, was?» sagte sie.

Was immer auch hier vorgehen mochte, ich war allmählich mittendrin. Es wäre viel einfacher gewesen, das Buch für die Bibliothek einfach freundlich entgegenzunehmen und sie wieder wegzuschicken, aber das war jetzt schon Geschichte, war vorbei, wie die Grammatik einer vergessenen Sprache.

«Wie find ich denn das?» sagte sie und lächelte dann. «Ich komm mir vor wie eine Bankkassiererin.»

«Prima», sagte ich. «Mach einfach, was auf der Kassenanweisung steht», und begann behutsam mit ihrem Pullover. Er glitt über ihren Bauch hinauf und weiter über ihre Brüste, verfing sich kurz an einer, so daß ich hinunterlangen und ihm darüberhelfen mußte, und dann verschwanden ihr Gesicht und ihr Hals im Pullover und kamen wieder zum Vorschein, als der Pullover über ihre Finger glitt.

Sie sah wirklich phantastisch aus. Ich hätte mich noch lange dran hochziehen können, aber ich machte weiter, mußte weitermachen.

Es war der Sinn meines Lebens, meine Lebensaufgabe, ihr den BH auszuziehen.

«Ich komm mir vor wie ein Kind», sagte sie. Sie drehte sich

ein wenig auf die Seite. Ich fummelte eine Zeitlang daran herum. Ich hab noch nie viel Glück mit BHs gehabt.

«Soll ich helfen?» fragte sie.

«Nein, ich krieg's schon hin», sagte ich. «Es dauert vielleicht ein paar Tage, aber ich krieg's hin. Laß dich nicht entmutigen. Jetzt... *AH*!»

Vida mußte lachen.

Sie brauchte überhaupt keinen Büstenhalter. Ihre Brüste blieben da oben, wo sie waren, als der BH wie das Extradach eines Hauses verschwand und sich zu ihrem Pullover gesellte. Es war ein prekärer Kleiderhaufen. Jedes Stück war in einem seltsamen Krieg errungen worden.

Im Verhältnis zu ihren großen vollen Brüsten waren ihre Brustwarzen klein und zart gefärbt. Sie waren sehr zart. Das war noch so eine Ungereimtheit, die wie eine Tür den Zugang zu Vida versperrte.

Dann schauten wir beide gleichzeitig auf ihre Stiefel hinunter: sie waren hoch und schwarz und ledern wie eine Wolke von Tieren, die sich um ihre Füße geschart hatten.

«Ich zieh dir die Stiefel aus», sagte ich.

Oben war ich fertig, und jetzt mußte ich mit dem unteren Teil anfangen. Mädchen bestehen wirklich aus einer Menge von Einzelteilen.

Ich zog ihr die Stiefel aus, und dann zog ich ihr die Socken aus. Ich mochte das, wie meine Hände über ihre Füße glitten wie Wasser in einem Bach. Ihre Zehen waren die hübschesten Kiesel, die ich je gesehen habe.

«Steh bitte mal auf», sagte ich. Wir kamen jetzt ganz schön voran. Sie stand unbeholfen auf, und ich öffnete den Reißverschluß an ihrem Rock. Ich zog den Rock über ihre Hüften nach unten, und sie stieg raus, und ich legte ihn auf den Stapel mit den anderen Schlachten.

Ich schaute sie an, bevor ich ihr den Slip auszog. Ihr Gesicht war ruhig, und obwohl immer noch Blitze eines kurzen blauen Wetterleuchtens in ihren Augen zuckten, blieben ihre Augen an den Rändern sanft, und die Ränder vergrößerten sich.

Ich zog ihr den Slip aus, und es war vollbracht. Vida war ohne Kleider, nackt, sie war da.

«Siehst du?» sagte sie. «Das bin ich nicht. Ich bin nicht da.» Sie streckte ihre Arme aus und legte sie um meinen Hals. «Aber ich will versuchen, für Sie dazusein, Herr Bibliothekar.»

Zwei (94-48-91) Selbstgespräche

«Ich versteh einfach nicht, warum Frauen einen Körper wie den da haben wollen. Eine so groteske Maschinerie, und sie hängen sich mächtig rein, um so einen Körper zu bekommen, setzen Himmel und Hölle in Bewegung, fasten, lassen sich operieren und sich Injektionen verpassen, ziehen obszöne Unterwäsche an, und alles nur, weil sie sich so ein verdammtes Ding zulegen wollen, und wenn sie dann alles versucht und es noch immer zu nichts gebracht haben, dann gehen diese blöden Mösen einfach her und machen auf Imitation. Bitte, hier ist einer, den sie umsonst haben können. Nehmt ihn euch doch, ihr Ziegen.

Sie wissen ja nicht, auf was sie sich einlassen, oder vielleicht macht's ihnen auch Spaß. Vielleicht sind sie alle so verludert wie die Frauen, die solche Körper dazu benutzen, um ein bißchen Geld an Land zu ziehen; die Filmstars, Fotomodelle, Huren.

Mein Gott!

Ich kann einfach nicht begreifen, warum solche Körper für Männer und Frauen eine so ominöse Anziehungskraft besitzen. Meine Schwester hat meinen Körper: groß und mager. Dieses ganze Drumrum gehört nicht zu mir. Das da sind nicht meine Brüste. Das sind nicht meine Hüften. Das ist nicht mein Hintern. Ich steck bloß in diesem ganzen Kram hier drin. Kannst du mich sehen? Schau genau hin. Ich bin hier drin, Herr Bibliothekar.»

Sie streckte ihre Arme aus und legte sie um meinen Hals, und ich legte meine Hände auf ihre Hüften. Wir standen da und schauten uns an.

«Ich glaube, du hast unrecht», sagte ich. «Ob's dir nun gefällt oder nicht, du bist eine sehr schöne Frau, und du steckst in einer großartigen Verpackung. Es ist vielleicht nicht das, was du willst, aber dieser Körper hier ist dir überlassen, und du solltest dich gut um ihn kümmern, und mit Stolz. Ich weiß, es ist schwer, aber zerbrich dir nicht den Kopf darüber, was andere Leute wollen und bekommen. Du hast etwas sehr Schönes, und du mußt versuchen, damit zu leben.

Schönheit ist wirklich ganz verdammt schwer zu begreifen. Fall doch nicht auf den pubertären Sexhunger herein, der den Rest der Welt treibt. Du bist eine kluge junge Frau, und du solltest lieber anfangen, deinen Kopf zu benutzen statt deinen Körper – denn das machst du doch jetzt.

Und spiel nicht Schicksalsschlag-und-dennoch-Sieger. Das Leben ist ein bißchen zu kurz dafür. Dieser Körper bist du, und es ist besser, du gewöhnst dich langsam daran, denn das ist alles, was hier auf der Welt für dich läuft, und du kannst dich nicht vor dir selber verstecken.

Das hier bist du.

Laß deiner Schwester ihren eigenen Körper, und lern jetzt, den hier zu mögen und zu gebrauchen. Ich glaube fast, du könntest viel Freude und Genuß an ihm haben, wenn du dich entspannen und dich nicht mehr um andererleuts Kläranlagen kümmern würdest.

Wenn man sich dauernd nur in die Verklemmungen und Verstrickungen anderer Leute reinhängt, dann ist die Welt bald nichts anderes mehr als ein riesiger Galgen.»

Wir küßten uns.

BUCH III

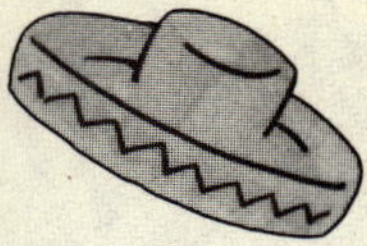

Der Ruf nach den Höhlen

Der Ruf nach den Höhlen

Glücklicherweise gelang es mir, mit Foster oben in den Höhlen in Verbindung zu treten, als Vida entdeckte, daß sie schwanger war. Vida und ich besprachen das Ganze. Wir gelangten ohne Bitterkeit und vom sanften Zwang der Notwendigkeit geleitet zu dem Entschluß, eine Abtreibung machen zu lassen.

«Ich bin noch nicht soweit, daß ich ein Kind haben könnte», sagte Vida. «Und du auch nicht, mit deinem wunderlichen Arbeitsplatz hier. Vielleicht zu einer anderen Zeit, vielleicht sogar sicher zu einer anderen Zeit, aber nicht jetzt. Ich mag Kinder, aber jetzt ist einfach nicht die rechte Zeit. Wenn man ihnen nicht ein Maximum an Zuwendung geben kann, sollte man lieber noch warten. Es gibt zuviel Kinder auf der Welt und nicht genug Liebe. Eine Abtreibung ist das einzig Richtige.»

«Ich glaube, du hast recht», sagte ich. «Ich wüßte zwar nicht, was an der Bibliothek hier wunderlich sein sollte, aber wir sind noch nicht soweit, daß wir ein Kind haben könnten. Vielleicht in ein paar Jahren. Ich glaub, du solltest die Pille nehmen, wenn wir die Abtreibung hinter uns haben.»

«Ja», sagte sie. «Von jetzt ab gibt's die Pille.»

Dann lächelte sie und sagte: «Es sieht so aus, als hätten uns unsere Körper drangekriegt.»

«Das kommt manchmal vor», sagte ich.

«Hast du eine Ahnung, wie das alles vor sich geht?» fragte Vida. «Ein bißchen was weiß ich ja darüber. Meine Schwester hatte letztes Jahr in Sacramento eine Abtreibung, aber bevor sie die Abtreibung machen ließ, ging sie zu einem Arzt im Marin County, der ihr ein paar Hormonspritzen gab, die aber nichts geholfen haben, weil es schon zu spät war. Die Spritzen wirken, wenn man sie früh genug bekommt, und sie sind um einiges billiger als eine Abtreibung.»

«Ich ruf wohl lieber Foster an», sagte ich. «Er ist letztes Jahr auch in so eine Geschichte geraten und mußte mit einem seiner Indianermädchen nach Tijuana runter.»

«Wer ist denn Foster?» fragte Vida.

«Er kümmert sich um die Höhlen», sagte ich.

«Was für Höhlen?»

«Das Gebäude hier ist zu klein», sagte ich.

«Was für Höhlen?» fragte sie.

Die Ereignisse in Vidas Bauch hatten mich wohl doch ziemlich angeschlagen. Ich hatte es nur noch nicht gemerkt. Ich beruhigte mich ein wenig und sagte: «Ja, wir haben oben in Nordkalifornien ein paar Höhlen, in denen wir die meisten unserer Bücher lagern, weil das Gebäude hier zu klein ist für unsere Sammlung.

Die Bibliothek ist schon sehr alt, Foster kümmert sich um die Höhlen. Er kommt alle paar Monate mit seinem Transporter hier runter, belädt ihn mit Büchern und lagert sie in den Höhlen.

Er bringt mir auch Lebensmittel und kleine Sachen, die ich so brauche. Die übrige Zeit verbringt er im Rausch und ist hinter den Frauen da oben her, meistens hinter Indianerinnen. Er ist schon ein Kerl. Eine regelrechte Explosion von einem Mannsbild.

Letztes Jahr mußte er nach Tijuana runter. Er hat mir alles erzählt. Er weiß da einen sehr guten Arzt. In den Höhlen gibt es ein Telefon. Ich werde ihn anrufen. Ich hab das noch nie gemacht. Hier unten läuft ja normalerweise alles ziemlich ruhig. Wir könnten eigentlich jetzt gleich die ganze Geschichte angehen. Kannst du auf die Bibliothek aufpassen, während ich telefoniere?»

«Ja», sagte Vida. «Natürlich. Es ist mir eine Ehre. Ich hätte nie gedacht, daß ich hier mal als Bibliothekarin enden würde, aber ich hätt's mir eigentlich denken können, als ich hier mit meinem Buch unterm Arm reinkam.»

Sie lächelte, und sie hatte ein kurzes grünes Kleid an. Ihr Lächeln war über ihrem Kleid. Es sah aus wie eine Blume.

«Es dauert nur ein paar Minuten», sagte ich. «Ich glaube, unten an der Ecke ist eine Telefonzelle. Das heißt, wenn sie noch da ist. Ich bin hier schon lange nicht mehr rausgekommen, und in der Zwischenzeit ist sie vielleicht verlegt worden.»

«Nein, sie ist noch da», sagte Vida und lächelte. «Ich kümmere mich um alles. Mach dir keine Sorgen. Deine Bibliothek ist in guten Händen.»

Sie streckte mir ihre Hände hin, und ich küßte sie.

«Siehst du?» sagte sie.

«Weißt du, wie die Bücher in den Hauptkatalog eingetragen werden?» fragte ich.

«Ja», sagte sie. «Ich weiß, wie's geht, und jeder, der ein Buch hier reinbringt, wird mit großem Bahnhof empfangen. Keine Sorge. Es wird schon gutgehen. Mach dir keinen Kummer, Herr Bibliothekar. Ich glaub, du warst schon zu lange hier drin, und ich werde dich bald kidnappen.»

«Du kannst sie ja bitten zu warten», sagte ich. «Ich bin nur ein paar Minuten weg.»

«Jetzt komm aber!» sagte Vida. «Gönn deiner Opadrüse ein bißchen Erholung und laß sie ihre Schaukelstuhlsäfte ein wenig langsamer absondern.»

Draußen (für kurz)

Mein Gott, es war wirklich eine lange Zeit gewesen. Ich hatte nicht gemerkt, daß der jahrelange Aufenthalt in der Bibliothek fast wie ein Aufenthalt in etwas Zeitlosem war. In einer Art Ewigkeit vielleicht.

Es war schon ein Unterschied, ob man wirklich draußen war oder nur zum Fenster oder zur Tür hinausschaute. Ich ging die Straße entlang und fühlte mich auf dem Bürgersteig ganz komisch taperig. Der Beton war zu hart, aggressiv, oder vielleicht war ich auch zu leicht, passiv.

Man mußte mal darüber nachdenken.

Ich hatte ganz schöne Schwierigkeiten, die Tür der Telefonzelle aufzubekommen, aber schließlich kam ich doch rein, und ich hob den Hörer ab, um Foster in den Höhlen anzurufen, als ich plötzlich merkte, daß ich kein Geld dabei hatte. Ich durchsuchte alle meine Taschen, aber ich hatte leider keinen einzigen Cent. In der Bibliothek brauchte ich ja kein Geld.

«Schon zurück?» fragte Vida. Sie sah sehr hübsch aus hinter

dem Pult in ihrem grünen Kleid und mit ihrem Blumenlächeln.

«Ich hab kein Geld», sagte ich.

Es dauerte ungefähr fünf Minuten, bis sie ausgelacht hatte, wirklich sehr komisch, und dann holte sie ihre Handtasche und gab mir eine Handvoll Kleingeld.

«Du bist einmalig», sagte sie. «Bist du auch ganz sicher, daß du nicht vergessen hast, wie man mit Geld umgeht? Man hält es so.» Sie hielt eine imaginäre Münze zwischen ihren Fingern und fing wieder zu lachen an.

Ich ging. Ich hatte meine Groschen.

Foster kommt

Ich rief Foster in den Höhlen an. Ich konnte sein Telefon klingeln hören. Es klingelte sieben- oder achtmal, und dann nahm Foster den Hörer ab.

«Was gibt's denn?» fragte Foster. «Wer ist denn da dran? Was geht hier vor, verdammt noch mal? Weißt du nicht, daß es ein Uhr nachmittags ist? Was bist du denn für ein Viech? Ein Vampir oder was?»

«Ich bin's», sagte ich. «Du alter Säufer.»

«Oh», sagte er. «Der Kleine. Warum zum Teufel sagst du das nicht gleich? Was ist denn los da unten? Hat jemand sein Buch auf einen Elefanten geschrieben und das Viech in die Bibliothek geschleppt? Dann gib ihm erst mal etwas Heu, und ich komm gleich mit dem Wagen runter.»

«Sehr komisch, Foster», sagte ich.

«So übel ist das gar nicht», sagte er. «In eurer Klapsmühle da unten ist nichts unmöglich. Was gibt's also, Kleiner?»

«Ich hab ein Problem.»

«Du?» sagte er. «Wie zum Teufel kannst du denn ein Problem haben? Du bist doch die ganze Zeit im Haus. Oder fängt deine Gefängnisblässe an abzublättern?»

«Nein», sagte ich. «Meine Freundin ist schwanger.»

«Irgend jemand spinnt hier», sagte Foster, und das Gespräch war für einen Moment unterbrochen, während Fosters unbän-

Ganz ohne Geld …

...gibt's nicht mal eine Telefonverbindung. Aber viel Geld braucht man gar nicht, um mehr daraus zu machen – wenn man gute Verbindungen hat.

diges Lachen über Hunderte von Meilen hinweg die Telefonzelle fast zum Beben brachte.

Schließlich hörte er auf zu lachen und sagte: «Das klingt, als hättest du in der Bibliothek ganz schön was gearbeitet, aber seit wann gehört Befriedigung der Fleischeslust zum Service der Bibliothek? Freundin? Und schwanger? Kleiner, du spinnst.»

Er fing wieder zu lachen an. Alle außer mir hatten heute ihren Lachtag.

«Also, was darf's denn sein?» fragte er. «Ein kleiner Ausflug nach Tijuana? Eine Stippvisite bei meinem Spezi und Abtreiber Dr. Garcia?»

«So was Ähnliches», sagte ich.

«Also dann, ich genehmige mir jetzt ein paar Drinks zum Frühstück», sagte er. «Und irgendwann spätabends bin ich dann da.»

«Gut», sagte ich. «Das ist genau das Richtige.»

Dann gab es eine Pause am Höhlenende der Leitung.

«Du hast kein Geld, Kleiner, oder?» fragte Foster.

«Du machst wohl Witze?» sagte ich. «Wo soll ich denn Geld herhaben? Mein Job hier bringt von allen Jobs auf der Welt am allerwenigsten, nämlich gar nichts. Ich mußte mir die Groschen für dieses R-Gespräch von meiner Freundin leihen.»

«Du hast recht. Ich bin wohl immer noch zu geschockt», sagte er. «Ich weiß gar nicht, wo ich meine Gedanken hab. Ich hab wahrscheinlich daran gedacht, daß ich letzte Nacht mein ganzes Geld für Schnaps ausgegeben hab – oder war das letzte Woche? – und daß ich keinen Cent mehr hab. Verrückt, verrückt, ich war ganz schön weggetreten.»

«Wie steht's mit meinen Lebensmitteln?» fragte ich, weil mir aufging, daß er mein Lebensmittelgeld auch ausgegeben hatte.

«Sieht sie gut aus?» fragte Foster. «Glaubst du, sie bringt's mitternachts mit 'ner Kerze in einem Sandsturm?»

«Was?» sagte ich.

«Ich bring dann das Geld mit», sagte er. «Es kostet zwei Hunderter, wenn du den guten Doktor antreten läßt. Er spekuliert manchmal ganz gern – das ist der Geschäftsmann in ihm –, aber du kannst ihn bremsen, wenn du ihm die zweihundert in die Hand drückst.

Also paß auf: Ihr braucht Flugtickets und ein bißchen Geld zum Ausgeben, und vielleicht braucht ihr ein Hotelzimmer, in dem sie sich nach ihrem Besuch bei Dr. Garcia ausruhen kann.

Ich geh jetzt dann in die Kneipe und stell ein paar von den Typen auf den Kopf und schau, was ich ihnen aus den Taschen schütteln kann, also gib nicht auf, Kleiner, und spätabends bin ich dann da, und wir werden das Kind schon schaukeln.

Ich hätt nie gedacht, daß du doch noch etwas bringst, Kleiner. Sag deiner jungen Dame einen Gruß von mir und daß alles gut wird. Foster kommt.»

Masturbation

Dieser Foster! Ich ging in die Bibliothek zurück. Als ich ankam, ging gerade jemand weg. Es war ein Junge, der vielleicht sechzehn war und schrecklich müde und nervös aussah. Er eilte an mir vorbei.

«Gott sei Dank, du hast dich nicht verlaufen», sagte Vida. «Ich hab schon befürchtet, du würdest die Straße nicht mehr herauffinden. Schön, daß du wieder da bist.»

Sie kam hinter dem Pult vor und atemlos zu mir herüber und gab mir einen festen, langanhaltenden Kuß. Seit sie in dieser Nacht Ende letzten Jahres in die Bibliothek gekommen war, hatte sie ungefähr 80 Prozent ihrer Verlegenheit verloren. Die übrigen 20 Prozent waren sehr reizvoll.

«Na, wie ging's?» fragte sie.

«Prima», sagte ich. «Hier sind deine Groschen. Foster ist schon unterwegs. Er kommt am späten Abend hier an.»

«Gut», sagte sie. «Ich freu mich, wenn die ganze Sache vorbei ist. Ich möchte nicht auf eine Abtreibung warten müssen. Ich bin froh, daß wir es gleich machen.»

«Ich auch. Foster kennt einen ausgezeichneten Arzt», sagte ich. «Es wird alles gut werden. Foster kümmert sich um alles.»

«Prima, wirklich prima», sagte sie. «Wie steht's mit Geld? Ich hab –»

«Nein, nein», sagte ich. «Foster beschafft das Geld.»

«Bist du sicher, weil –»

«Nein, ich bin sicher», sagte ich. «Wer war denn der Junge, der vorhin weggegangen ist?»

«Er hat ein Buch gebracht», sagte sie. «Ich hab es aufs allerfreundlichste in Empfang genommen und seinen Eingang in meiner besten Handschrift im Hauptkatalog verzeichnet.»

«O Gott», sagte ich. «Das ist seit Jahren das erste Mal, daß ich ein Buch nicht selber angenommen hab.»

«Ach komm», sagte sie. «So alt bist du auch wieder nicht, auch wenn du's gerne sein möchtest, aber diese Art zu denken wird noch mal einen alten Mann aus dir machen, du brauchst dich nur fest genug anzustrengen.»

Sie küßte mich wieder.

«Ich seh's mir mal an», sagte ich.

«Was, dein Alter?» fragte sie.

«Nein, das Buch.»

Sie stand auf und lächelte mir nach, als ich hinter das Pult ging und den Bibliotheks-Hauptkatalog aufschlug und las:

DIE ZWEITE SEITE MEINER HAND von Harlow Blade jr. Der Verfasser war ungefähr sechzehn, und er erschien für sein Alter etwas zu traurig. Meine Gegenwart machte ihn schüchtern. Der arme Kleine. Er beobachtete mich dauernd aus den Augenwinkeln.

Schließlich sagte er: «Sind *Sie* der Bibliothekar?»

«Ja», sagte ich.

«Ich hab einen Mann erwartet.»

«Er ist außer Haus», sagte ich. «Du mußt dich schon mit mir zufriedengeben. Ich beiße nicht.»

«Sie sind kein Mann», sagte er.

«Wie heißt du denn?»

«Was?»

«Dein Name, bitte? Ich muß ihn hier in den Hauptkatalog eintragen, bevor wir dein Buch annehmen können. Du hast doch einen Namen, oder?»

«Ja, Harlow Blade jr.»

«Und wovon handelt denn dein Buch? Das muß ich auch wissen. Sag mir einfach, wovon es handelt, und ich schreib's hier in den Hauptkatalog rein.»

«Ich hab einen Mann erwartet», sagte er.

«Wovon handelt denn dein Buch? Das Thema, bitte?»

«Masturbation. Ich glaub, ich geh jetzt lieber.»

Ich wollte ihm noch danken, daß er das Buch gebracht hatte, und ihm sagen, daß er es in der Bibliothek einstellen konnte, wo er wollte, aber er ging, ohne noch was zu sagen. Armer Kerl.

Diese Bibliothek ist wirklich seltsam, aber ich glaube, sie ist am Ende doch der einzige Ort, wo man ein Buch hinbringen kann. Ich habe meines hierher gebracht, und ich bin immer noch da.

Vida ging langsam zum Pult herüber, trat hinter mich, legte ihren Arm um mich und las, über meine Schulter gebeugt, die Eintragung, als ich mit dem Lesen schon fertig war.

«Ich finde, das klingt ziemlich gut», sagte sie.

Mein Gott, die Handschrift eines anderen Bibliothekars lag vor mir auf dem Pult. Es war seit Jahren das erste Buch, das ich nicht selber in Empfang genommen und eingetragen hatte.

Ich schaute Vida einen Augenblick lang an. Ich muß sie wohl etwas merkwürdig angesehen haben, denn sie sagte: «O nein. Nein, nein, nein.»

Foster

Foster kam um Mitternacht an. Wir saßen gerade in meinem Zimmer, tranken Kaffee und redeten über kleine, zufällige Dinge, an die man sich hinterher nie mehr erinnert, außer vielleicht sehr spät, wenn es langsam dunkel wird in unserem Leben.

Foster nahm sich nie die Mühe, an der Türglocke zu läuten. Er sagte, das gäbe ihm das Gefühl, er ginge in irgendeine Kirche, und davon hätte er auf ewige Zeiten genug.

BUM! BUM! BUM! Er bumste einfach immer kräftig mit

der Faust gegen die Tür, und ich konnte ihn immer hören und hatte Angst, er würde das Glas einschlagen. Man konnte Foster nicht übersehen und nicht vergessen.

«Was ist das?» fragte Vida. Sie sprang erschreckt vom Bett hoch.

«Das ist Foster», sagte ich.

«Es klingt wie ein Elefant», sagte sie.

«Er rührt das Ding eben nie an», sagte ich.

Wir gingen in die Bibliothek hinüber und drehten das Licht an, und da stand Foster, auf der anderen Seite der Tür, und bumste immer noch mit seiner großen Faust einfach drauflos.

Auf seinem Gesicht lag ein breites Lächeln, und er hatte sein traditionelles T-Shirt an. Er zog nie ein Hemd oder eine Jacke oder einen Pullover an. Es war ganz egal, was das Wetter machte. Ob Kälte, Wind oder Regen, Foster trug immer sein T-Shirt. Er schwitzte jetzt natürlich wie ein Schwein, und sein büffelschweres blondes Haar hing ihm fast bis auf die Schultern herunter.

«Hallo!» sagte er. Seine Stimme dröhnte herüber, als wäre die Glastür aus Seidenpapier. «Was ist denn da drin los?»

Ich machte ihm die Tür auf und sah draußen vor dem Haus den Transporter stehen. Der Transporter war groß und fremdartig, und er sah aus wie ein prähistorisches Tier, das sich vor der Bibliothek schlafen gelegt hatte.

«Da bin ich also», sagte er, legte seinen Arm um mich und drückte mich fest an sich. In der anderen Hand hielt er eine Flasche Whiskey, und die Flasche war schon halb leer.

«Na, wie geht's, Kleiner? Laß den Kopf nicht hängen. Foster ist da. Hey, hallo!» sagte er zu Vida. «Mein Gott bist du ein hübsches Mädchen! Ich bin wirklich verdammt froh, daß ich hergefahren bin! Jede einzelne Meile war's wert. Mädchen, du bist so hübsch, daß ich zehn Meilen weit barfuß durch Schnee und Eis latschen würde, bloß um in deiner Scheiße stehen zu dürfen.»

Vida taute auf. Sie strahlte übers ganze Gesicht. Ich merkte, daß sie ihn sofort mochte.

Es war nicht zu fassen, wie sich ihr Körper in den paar Monaten, die wir zusammen waren, entspannt hatte. Sie war immer noch ein bißchen linkisch, aber sie nahm es jetzt nicht mehr als Handicap, sie machte etwas Poetisches daraus, und das war unheimlich bezaubernd.

Vida trat zu uns und legte ihren Arm um Foster. Er drückte sie auch fest an sich und bot ihr einen Schluck aus seiner Whiskeyflasche an. «Das tut dir gut», sagte er.

«Na schön, ich versuch's mal», sagte sie.

Er wischte mit einer großartigen Geste den Flaschenrand ab, hielt ihr die Flasche hin, und sie trank ein winziges Schlückchen.

«Komm, Kleiner. Probier auch was von dem Zeug. Davon wachsen sogar deinen Büchern Haare.»

Ich trank einen Schluck.

Jungejunge!

«Wo hast du denn den Whiskey her?» fragte ich.

«Ich hab ihn einem toten Indianer abgekauft.»

Der Unterschied nach Christi Geburt

«Geh du voraus», sagte Foster.

Sein Arm lag um Vida. Sie sahen aus, als würden sie sich schon ewig kennen. Ich freute mich, daß sie so gut miteinander zurechtkamen. Wir gingen wieder in mein Zimmer, um uns zu entspannen und Pläne für Tijuana zu machen.

«Wo hast du bloß mein ganzes Leben lang gesteckt?» fragte Foster.

«Jedenfalls nicht im Reservat», sagte Vida.

«Wunderbar!» sagte Foster. «Wo hast du denn dieses Mädchen gefunden?»

«Sie kam einfach hier an», sagte ich.

«Ich sollte hier unten in der Bibliothek arbeiten», sagte Foster. «Nicht oben in den Höhlen. Ich hab den verkehrten Teil der Landkarte erwischt. Jungejunge, du bist das hübscheste Ding, das ich je in meinem Leben gesehen hab. Mein Gott, du bist sogar noch hübscher als das Foto meiner Mutter.»

«Das macht der Whiskey», sagte Vida. «Ich sehe durch bernsteinfarbene Flüssigkeiten immer besser aus.»

«Verdammt, das macht der Whiskey. Jetzt reibst du mir meine 43 Prozent unter die Nase. Ich glaub, ich übernehme für 'ne Weile die Bibliothek hier, und ihr jungen Leute könnt raufgehen und die gottverdammten Bücher abstauben und in den Höhlen wohnen. Es ist wirklich nett da oben. Aber sagt niemandem, daß ihr mich kennt. Der alte Foster und Jesus Christus haben beide gleichzeitig da oben ihren Kredit verspielt. Ich kann mich nur noch halten, weil ich so gut aussehe.»

Der Plan für Tijuana

Wir gingen in mein Zimmer zurück, setzten uns alle zusammen aufs Bett, tranken ein bißchen Whiskey und machten Pläne für Tijuana. Normalerweise trinke ich nicht, aber ich fand, unsere augenblicklichen Lebensumstände verdienten ein wenig Alkohol.

«Also eine kleine Abtreibung, was?» sagte Foster. «Seid ihr euch jetzt klar darüber?»

«Ja», sagte ich. «Wir haben alles besprochen. Wir wollen es machen.»

Foster schaute Vida an.

«Ja», sagte sie. «Wir sind jetzt noch nicht reif für ein Kind. Es würde uns nur verstören, und diese Verstörung wäre nicht gut für das Kind. Es ist schon schwer genug, überhaupt in diese Welt geboren zu werden, auch wenn man keine unreifen und verstörten Eltern hat. Ja, ich will eine Abtreibung.»

«O.k. dann», sagte Foster. «Du brauchst vor nichts Angst zu haben. Ich weiß einen guten Arzt: Dr. Garcia. Er tut dir nicht weh, und es wird überhaupt keine Komplikationen geben. Das läuft alles ganz prima.»

«Ich verlaß mich auf dich», sagte sie.

Vida nahm meine Hand.

«Es geht alles ganz einfach», sagte Foster. «Ihr fliegt mit dem Flugzeug runter. Morgen früh um 8.15 Uhr geht ein Flugzeug nach San Diego. Ich hab euch beiden Rückflugtickets besorgt. Den Doktor hab ich schon angerufen, und er erwartet euch. Ihr seid noch vor Mittag in Tijuana, und die ganze Geschichte ist bald vorbei.

Ihr könnt abends wieder zurückfliegen, wenn ihr meint, es geht schon, aber falls ihr in San Diego übernachten wollt, hab ich euch im Green Hotel ein Zimmer reservieren lassen. Ich kenne den Burschen, dem das Ding gehört. Er ist ein netter Kerl. Du wirst dich nach der Abtreibung ein bißchen schwach fühlen, und es liegt ganz bei euch, ob ihr noch dableiben wollt. Es kommt halt ganz drauf an, wie dir ist, aber übernimm dich nicht, und wenn du dich noch zu wacklig fühlst, bleibt ihr einfach im Hotel.

Dr. Garcia neigt ein bißchen zu Spekulationen, wenn's um den Preis für die Abtreibung geht, aber ich hab ihm schon gesagt, daß ihr kommt und daß ihr nur 200 Dollar habt und daß da nichts mehr nachkommt, und er hat gesagt: ‹O.k., Foster, wird reichen.› Er spricht nicht sehr gut englisch, aber er ist sehr freundlich und sehr nett. Und er ist wirklich ein Arzt. Er hat mir letztes Jahr mit diesem Indianermädchen ganz schön aus der Klemme geholfen. Noch irgendwelche Fragen oder sonstwas? Verdammt noch mal, du bist vielleicht ein hübsches Mädchen!»

Er zog Vida an seine Brust.

«Ich glaub, du hast wohl alles erwähnt», sagte ich.

«Vida?» fragte er.

«Nein, mir fällt auch nichts mehr ein.»

«Und die Bibliothek?» sagte ich.

«*Unddiebibliothek?*» sagte Foster.

«Wer paßt drauf auf? Es muß jemand da sein. Das ist ein wichtiger Grundsatz der Bibliothek. Es muß vierundzwanzig Stunden am Tag jemand da sein, der die Bücher entgegennimmt und gebührend empfängt. Das ist doch die Grundlage der Bibliothek. Wir können sie nicht zumachen. Sie muß offenbleiben.»

«Du meinst mich?» fragte Foster. «O nein. Ich bin ausschließlich für die Höhlen zuständig. Da mußt du dir schon einen andern holen.»

«Aber es muß jemand da sein», sagte ich und sah ihm fest in die Augen.

«Oh, nein», sagte Foster.

«Aber», sagte ich.

Vida fand das Ganze schrecklich amüsant. Ich war mir völlig darüber im klaren, daß Vida meine intensiven Gefühle für die Bibliothek nicht teilte. Ich verstand ja auch, daß es eine ziemlich seltsame Berufung war, der ich da folgte, aber es war etwas, das ich tun mußte.

«Ich bin für die Höhlen zuständig», sagte Foster.

«Das hier ist unser Job», sagte ich. «Dafür sind wir eingestellt worden. Wir müssen uns um die Bibliothek kümmern und um die Leute, die auf sie angewiesen sind.»

«Darauf wollte ich sowieso noch kommen», sagte Foster. «Dieses Unternehmen hier läuft irgendwie mit Gehaltsverzögerung. Ich hab schon seit zwei Jahren kein Geld mehr gesehen. Ich sollte 295 Dollar und 50 Cent im Monat bekommen.»

«Foster!» sagte ich.

«Ich hab doch bloß Spaß gemacht», sagte Foster. «Es war bloß ein kleiner Witz. Hier, trink noch was von dem Whiskey.»

«Danke.»

«Vida?» fragte Foster.

«Ja», sagte sie. «Es wär prima, wenn ich noch ein Schlückchen haben könnte. Es entspannt.»

«Das alte Indianersedativ», sagte Foster.

«Du kannst doch einen Tag oder so hier aufpassen, während wir unten in Mexiko unsere Abtreibung machen lassen», sagte ich. «Es bringt dich schon nicht um, wenn du mal einen Tag lang hier arbeitest. Es ist doch schon Jahre her, daß du mal einen Finger gerührt hast.»

«Ich habe meine Arbeit in den Höhlen», sagte er. «Es ist eine ganz schöne Verantwortung, Bücher da hochzuschleppen und sie wegzuräumen, sie zu bewachen und aufzupassen, daß kein Sickerwasser an sie rankommt.»

«Sickerwasser!» sagte ich, entsetzt.

«Vergiß, daß ich das gesagt hab», sagte Foster. «Ich will mich jetzt nicht darauf einlassen, aber O.k., ich bleib hier und kümmere mich um die Bibliothek, bis ihr zurückkommt. Es gefällt mir nicht, aber ich mach's.»

«Sickerwasser?» wiederholte ich.

«Was muß ich denn hier alles machen?» fragte Foster. «Was mach ich denn mit den Spinnern, die ihre Bücher hier reinbringen? Was hab ich hier überhaupt zu schaffen? Trinkt noch was von dem Whiskey. Sag mir, was ich alles tun muß.»

Vida verfolgte das Ganze mit amüsiertem Gesicht. Sie war schon wirklich hübsch.

Wir lagen alle drei auf dem Bett und waren sehr gelöst. Der Whiskey hatte unsere Körper und unsere Gedanken an ihren Rändern schlammpfützensanft gemacht.

«Das ist herrlich», sagte Vida.

Fosters Mädchen # 1

«Was ist denn das?» fragte Foster. Er hätte sich beinahe auf dem Bett bewegt.

«Das ist die Glocke», sagte ich. «Da ist jemand mit einem neuen Buch für die Bibliothek draußen. Ich zeig dir jetzt, wie wir hier mit Würde und Respekt ein Buch empfangen. ‹Es willkommen heißen› ist die Wendung, die ich benutze.»

«Klingt nach Beerdigungsunternehmen», sagte Foster. «Verdammt, wie spät ist es denn?» Foster schaute sich im Zimmer um. «Ich hör's doch ticken.»

Ich schaute zur Uhr hinüber. Foster lag so auf dem Bett, daß er sie nicht sehen konnte.

«Mitternacht vorbei.»

«Ist das nicht etwas spät, um ein Buch reinzubringen? Mitternacht? Das ist zwölf Uhr.»

«Wir haben täglich vierundzwanzig Stunden geöffnet, sieben Tage in der Woche. Wir machen nie zu», sagte ich.

«Du lieber Himmel!» sagte Foster.

«Verstehst du, was ich meine?» fragte Vida.

«Und ob», sagte Foster. «Der Junge muß mal ausspannen.»

Dann schaute er Vida an. Er taxierte sie auf eine klassische, computergesteuerte, männliche Art, nicht zu offensichtlich oder zu lüstern, und was er sah, gefiel ihm.

Vida schaute ihn mit einem leisen Lächeln an. Ihr Mund veränderte sich nicht dabei. Er blieb von ihrem Lächeln unberührt. Ich glaube, dieses Thema ist früher schon mal behandelt worden.

Sie war nicht mehr dasselbe Mädchen, das ein paar Monate zuvor ihr Buch hergebracht hatte. Sie war mit ihrem Körper jemand anderer geworden.

«Ja», sagte Foster endlich. «Ja, wir gehn jetzt vielleicht lieber mal raus und schauen, wer uns da ein Buch bringt. Wir wollen doch niemand warten lassen. Es ist kalt draußen.»

Foster hatte in seinem ganzen Leben noch nie gefroren, er wußte gar nicht, was das war. Er war jetzt wohl ein bißchen betrunken, und seine Phantasie war ihm durchgegangen.

«Was muß man da draußen machen?» fragte Foster. «Ich geh vielleicht einfach raus und kümmere mich selber drum. Ihr Kinder könnt hier sitzen und euch entspannen. Es gibt keinen Grund, sich ungemütlich zu fühlen, wenn der alte Foster da ist. Außerdem muß ich rausfinden, was hier vorgeht, falls ich dieses Asyl leiten soll, wenn ihr in Tijuana seid.»

Vidas Lächeln hatte sich geöffnet, und man konnte jetzt das makellose Schimmern ihrer Zähne sehen. Kleine, freundliche Blitze wanderten über ihre Augen.

Ich lächelte auch.

«Was muß man da draußen machen? Man schreibt also den Titel des Buchs und den Namen des Schriftstellers und noch so ein bißchen was über das Buch in dieses große schwarze Hauptbuch, oder?»

«Richtig», sagte ich. «Und man muß auch freundlich sein. Das ist wichtig. Damit die Leute und die Bücher spüren, daß sie erwünscht sind, denn dafür sind wir ja hauptsächlich da, dafür, und um die ungewollten, die überschwenglichen und die gespenstischen Bände der amerikanischen Literatur aufs angenehmste zu versammeln.»

«Du machst Witze», sagte Foster. «Das kann doch bloß ein Witz sein.»

«Komm jetzt, Foster», sagte ich. «Oder ich fang wieder mit dem ‹Sickerwasser› an. Du weißt, was ‹Sickerwasser› bedeutet.»

«Gut. Gut. Gut, du schräger Vogel», sagte Foster. «Ich

werde mich gut benehmen, und außerdem, wer weiß, vielleicht will ich mich sogar gut benehmen. Ich bin gar kein so übler Bursche. Wenn ich mir's recht überlege, hab ich 'ne ganze Menge Freunde. Sie geben's vielleicht nicht zu, aber ich nehm einen großen Platz in ihrem Herzen ein.»

Die Glocke läutete noch immer, aber sie wurde schon schwächer und brauchte sofortige Zuwendung. Foster war mittlerweile schon aus dem Bett. Er fuhr sich durch sein büffelschweres blondes Haar, als wollte er es noch kämmen, bevor er in die Bibliothek hinausging.

Weiß wie Schnee

Während Foster in die Bibliothek ging, um sein erstes Buch zu empfangen, lagen Vida und ich weiter auf dem Bett und tranken ab und zu ein paar Schlückchen aus der Whiskeyflasche, die er gnädigerweise dagelassen hatte. Nach einer Weile waren wir so entspannt, daß man uns beide als Gänseblümchenwiesen vermieten hätte können.

Plötzlich, wir hatten jedes Zeitgefühl verloren, dröhnte Foster ins Zimmer. Sein T-Shirt klebte ihm am Leib, und er war auf seine korpulente, schwitzende Art sehr wütend.

«Ich glaube, wir machen dieses Tollhaus lieber zu, wenn ihr weg seid», sagte er und streckte seine rechte Hand nach dem Whiskey aus. «Wenn ich mir's recht überlege, sollten wir diesen gottverdammten Laden überhaupt zumachen. Alle gehn nach Hause. Packen ihre fünf oder sieben Sachen zusammen, das heißt, falls sie sie noch alle beieinander haben.»

Foster kippte einen tüchtigen Schluck Whiskey in sich hinein. Der Whiskey kollerte mit einem Truthahngluckern durch Fosters Kehle, und als er in seinem Magen landete, verzog Foster das Gesicht und schüttelte sich. «Das ist schon besser», sagte er und wischte sich mit der Hand über den Mund.

«Was war denn los?» sagte Vida. «Es sieht ganz so aus, als hätte deine Bibliotheksimpfung nicht angeschlagen.»

«Wem sagst du das! Mehr Whiskey!» sagte Foster. Er

wandte sich der Flasche zu, als könnte sie Heilung und Linderung bringen.

«Hoffentlich hast du niemanden erschreckt», sagte ich. «Das ist nicht der Zweck dieser Bibliothek. Wir sind hier, um zu dienen, und nicht, um etwas zu fordern.»

«Jemanden erschreckt? Soll das ein Witz sein, Kleiner? Es war ganz verdammt noch mal andersrum. Hols der Geier, ich komm normalerweise ganz gut mit Leuten aus.»

«Was war denn los?» wiederholte Vida.

«Na ja, ich bin rausgegangen, und die Kundschaft war nicht ganz das, was ich erwartet hab. Ich meine, sie stand vor der Tür und –»

«Wer war's denn?» fragte Vida.

«Eine Frau?» fragte ich, ein wenig unbarmherzig.

«Das ist doch nicht wichtig», sagte Foster. «Laßt mich weiterreden, verdammt noch mal! Ja, es war eine Frau, die da draußen stand, und ich benutze das Wort Frau mit einer ernsthaften Einschränkung. Sie klingelte, und sie hatte ein Buch unterm Arm, deshalb hab ich die Tür aufgemacht. Das war ein Fehler.»

«Wie hat sie denn ausgesehen?» fragte ich.

«Das ist doch nicht wichtig», sagte Foster.

«Jetzt komm», sagte Vida. «Erzähl weiter.»

Foster kümmerte sich nicht um uns und erzählte die Geschichte auf seine Art weiter. «Als ich die Tür aufmachte, machte sie gleichzeitig ihren Mund auf. ‹Wer sind Sie denn?› wollte sie wissen. Ihre Stimme klang genau wie ein Autowrack. Ist ja auch scheißegal.

‹Ich bin Foster›, sagte ich.

‹Sie sehn nicht so aus wie irgendeiner von den Fosters, die ich schon gesehen hab›, sagte sie. ‹Sie sind bestimmt jemand anders, denn ein Foster sind Sie nicht.›

‹So heiß ich aber›, sagte ich. ‹Ich bin schon immer Foster gewesen.›

‹Haa! Aber Schluß jetzt mit Ihnen. Wo ist meine Mutter?› wollte sie wissen.

‹Was meinen Sie denn damit: Ihre Mutter? Sie sind schon zu alt, um 'ne Mutter zu haben›, sagte ich. Mir war's jetzt wirklich zu blöd, die alte Spinatwachtel bei Laune zu halten.

‹Was soll denn mit dem Buch passieren?› fragte ich.

‹Das geht Sie ganz verdammt noch mal nichts an, Sie falscher Foster. Wo ist sie denn?›

‹Gut Nacht›, sagte ich.

‹Was soll denn das heißen: gut Nacht? Ich geh nirgendwo hin. Ich bleib solange hier, bis Sie mir was über meine Mutter sagen.›

‹Ich weiß nicht, wo Ihre Mutter ist, und ehrlich gesagt, um Clark Gable in *Vom Winde verweht* zu zitieren: Es ist mir scheißegal.›

‹Nennen Sie meine Mutter nicht Clark Gable!› sagte sie, und dann hat sie versucht, mich zu schlagen. Das hat mir dann gereicht, und ich habe sie mitten im Schlag bei der Hand gepackt und sie ein bißchen herumgewirbelt, und dann hab ich sie mit einem Mordsschub zur Tür hinausbefördert. Sie ist wie 'ne fliegende Mülltonne da rausgesegelt.

‹Laßt meine Mutter frei!› schrie sie. ‹Meine Mutter! Meine Mutter!›

Ich wollte die Tür zumachen. Mir war wie im Traum. Ich war mir nicht sicher, ob ich aufwachen oder noch mal über das Luder herfallen sollte.

Dann ist sie noch mal drohend auf die Tür zugekommen, und ich bin raus und hab sie die Treppe hinuntereskortiert. Wir hatten unterwegs ein kleines Kämpfchen, aber ich hab einen kleinen Griff angesetzt, und sie hat aufgegeben, und ich hab ihr gleichzeitig sehr zuvorkommend angeboten, ihr ihren Hühnerhals zu brechen, falls sie nicht ihre Säbelbeine unter die Arme nimmt und abhaut. Das letzte, was ich von ihr mitgekriegt hab, war, wie sie laut geschrien hat. ‹Es ist nicht recht, daß es so weit mit mir gekommen ist, daß ich mich so fühle, daß ich solche Sachen sage›, und sie hat Blätter aus ihrem Buch gerissen und hochgeworfen wie 'ne Braut auf 'ner Hochzeitsfeier.»

«Wie 'ne Braut auf 'ner Hochzeit?» fragte Vida.

«Die Blumen», sagte Foster.

«Oh, das hatte ich nicht verstanden», sagte sie.

«Ich versteh's auch nicht», sagte Foster. «Ich bin hingegangen und hab ein paar von den Blättern aufgehoben, weil ich sehen wollte, aus was für 'ner Art von Buch sie stammten, aber die Blätter waren nicht beschrieben. Sie waren weiß wie Schnee.»

«So geht das eben hier manchmal», sagte ich. «Wir haben ein paar gestörte Autoren, aber die meiste Zeit ist es ruhig. Du mußt eben nur Geduld mit ihnen haben und den Namen des Verfassers, den Titel und eine kleine Beschreibung im Hauptkatalog notieren, und laß jeden sein Buch in der Bibliothek da einstellen, wo er will.»

«Das ist mit dem hier ja einfach», sagte Foster.

Ich wollte etwas sagen –

«Die Beschreibung», sagte Foster.

Ich wollte etwas sagen –

«Weiß wie Schnee», sagte Foster.

Der Transporter

«Ich schlaf in meinem Transporter», sagte Foster.

«Nein, hier drin ist noch Platz für dich», sagte ich.

«Bitte bleib doch», sagte Vida.

«Nein, nein», sagte Foster. «Ich hab's in meinem Transporter gemütlicher. Ich schlaf immer da. Ich hab 'ne kleine Matratze und einen Schlafsack, und ich fühl mich sauwohl da drin.

Nein, das ist schon erledigt. Der alte Foster schläft im Transporter. Und ihr Kinder holt euch 'ne tüchtige Mütze Schlaf, ihr müßt morgen schon früh losfliegen. Ich bring euch zum Flugplatz runter.»

«Nein, das geht nicht», sagte ich. «Wir müssen den Bus nehmen, weil du hierbleiben und auf die Bibliothek aufpassen mußt. Du weißt doch: Sie muß die ganze Zeit, die wir weg sind, offenbleiben.»

«Davon weiß ich nichts», sagte Foster. «Nach der Erfahrung, die ich da vorhin gemacht hab, bin ich mir wirklich nicht sicher. Ihr könnt nicht jemanden von einer von diesen Zeitarbeits-Vermittlungen nehmen, ein Kelly-Mädchen oder so was, ha? Verdammt, ich würd's aus meiner Tasche bezahlen. Sie könnte sich um die Bibliothek kümmern, und ich geh nach

North Beach runter und nehm ein paar Oben-ohne-Shows mit, wenn ich schon mal hier bin.»

«Nein, Foster», sagte ich. «Wir können die Bibliothek nicht einfach irgendwem anvertrauen. Du mußt schon dableiben, solange wir weg sind. Wir bleiben ja nicht lange weg.»

«Laß ihm seinen Willen, Foster», sagte Vida.

«O.k. Ich bin ja mal gespannt, was mit dem nächsten Spinner los ist, der ein Buch reinbringt.»

«Mach dir keinen Kummer», sagte ich. «Das war eine Ausnahme. Es wird alles ganz glatt laufen, wenn wir weg sind.»

«Da bin ich ganz sicher.»

Foster machte sich fertig. «Da, trinkt noch einen Whiskey», sagte Foster. «Ich nehm die Flasche mit raus.»

«Wann geht denn das Flugzeug?» fragte Vida.

«8.15 Uhr», sagte Foster. «Unser Freund hier kann ja nicht Autofahren, ihr müßt also wohl den Bus nehmen, weil der Bibliotheksknabe hier will, daß ich dableibe und seinen Irrengarten hege.»

«Ich kann fahren», sagte Vida. Sie sah weich und schön und jung aus.

«Kannst du einen Transporter fahren?» fragte Foster.

«Ich glaub schon», sagte sie. «Ich war mal einen Sommer auf einer Ranch in Montana und hab Lastwagen und Lieferautos gefahren. Ich hab eigentlich immer alles fahren können, was vier Räder hat. Sportwagen, alles. Ich habe sogar mal einen Schulbus gesteuert, als ich mit ein paar Kindern zum Picknick gefahren bin.»

«Ein Transporter ist was anderes», sagte Foster.

«Ich hab schon einen Pferdetransporter gefahren», sagte Vida.

«Das ist aber kein Pferdetransporter», sagte Foster. Er war jetzt ein wenig geschockt. «In meinem Transporter ist noch nie ein Pferd gewesen!»

«Foster», sagte Vida. «Schnapp doch nicht über. Ich hab dir doch nur gesagt, daß ich ihn fahren kann. Ich kann alles fahren. Ich hab noch nie einen Unfall gehabt. Ich bin eine gute Fahrerin. Das ist alles. Du hast einen wunderschönen Transporter.»

«Er ist schon wirklich gut», sagte Foster. Er war jetzt wieder versöhnt. «Na ja, ich seh eigentlich nicht, was es schaden könnte, und ihr kommt ja auch viel schneller raus als mit dem Bus, und ihr könntet schneller wieder zurück sein. Es wär 'ne viel angenehmere Fahrt. Busse sind fürchterlich, und ihr könnt ihn gleich draußen am Flugplatz stehenlassen. Und ich brauch ja keinen Transporter, wenn ich hier in diesem gottverdammten Irrenhaus arbeite. Klar, ihr könnt ihn nehmen, aber fahr vorsichtig. Es gibt auf der ganzen Welt nur einen Transporter, der so ist wie der, und er gehört mir, und ich liebe ihn.»

«Mach dir keine Sorgen», sagte Vida. «Ich werde ihn auch mit Liebe behandeln.»

«Abgemacht», sagte Foster. «Na ja, ich glaub, ich geh jetzt lieber und leg mich ins Bett. Will jemand noch Whiskey?»

«Nein, wir haben, glaub ich, genug gehabt», sagte ich.

«O.k.»

«Sollen wir dich aufwecken?» sagte Vida.

«Nein, ich komm schon hoch», sagte Foster. «Ich wach immer auf, wann ich will, auf die Minute genau. Ich hab 'nen Wecker im Kopf. Der weckt mich immer auf. Oh, jetzt hätt' ich beinahe vergessen, dir noch was zu sagen. Iß morgen nichts zum Frühstück. Das ist nicht erlaubt.»

Johnny Cash

Als Foster rausgegangen war, um die Nacht draußen in seinem Transporter zu verbringen, trafen wir unsere Vorbereitungen für den nächsten Tag. Wir würden am Morgen nach dem Aufwachen nicht viel Zeit haben.

Vida hatte genug Kleider in der Bibliothek, sie mußte also nicht nach Hause gehen. Obwohl sie nur einen Block von der Bibliothek entfernt wohnte, war ich natürlich noch nie bei ihr gewesen. Manchmal war ich neugierig und wollte wissen, wie es in ihrer Wohnung aussah, und sie erzählte mir davon.

«Es ist sehr einfach», erzählte sie mir. «Ich hab nicht gerade viel. Alles, was ich hab, sind ein paar Bücher auf einem Brett,

ein weißer Teppich, ein kleiner Marmortisch auf dem Fußboden und ein paar Platten für meine Stereoanlage: Beatles, Bach, Rolling Stones, Vivaldi, Wanda Landowska, Johnny Cash. Ich bin ja kein Beatnik. Es ist einfach so, daß ich immer gedacht habe, mein Körper wäre Habe genug, mehr als ich je brauchte, und deshalb mußte alles andere einfach sein.»

Sie packte ein paar Kleider für uns in eine alte KLM-Tasche und unsere Zahnbürsten und meinen Rasierapparat, falls wir in San Diego übernachten mußten.

«Ich hab noch nie 'ne Abtreibung gehabt», sagte Vida.

«Hoffentlich müssen wir nicht in San Diego übernachten. Ich war einmal da, und mir hat's nicht gefallen. Da gibt's zu viele ungebumste Matrosen, und alles ist entweder stocksteif oder neonbillig. Es ist keine sehr angenehme Stadt.»

«Mach dir deswegen keine Sorgen», sagte ich. «Wir nehmen es, wie's kommt und spielen einfach nach dem Gehör, und wenn alles in Ordnung ist, kommen wir morgen abend wieder zurück.»

«Das klingt annehmbar», sagte Vida. Sie hatte jetzt unser einfaches Gepäck verstaut.

«So, jetzt gibt es noch einen Kuß, und dann gehen wir ins Bett. Wir brauchen ein bißchen Schlaf», sagte ich. «Wir sind beide müde, und wir müssen morgen bald raus.»

«Ich muß dann noch baden und eine kleine Spülung machen», sagte Vida. «Und mir noch einen Tupfer Parfüm hinter die Ohrläppchen tun.»

Ich nahm Vida in die Arme und sammelte ihre Blätter und Blüten ein, und sie machte das gleiche und gab es mir zurück: es war duftig und wie ein Blumenstrauß.

Wir zogen uns aus und gingen ins Bett. Ich machte das Licht aus, und sie sagte: «Hast du den Wecker gestellt?»

«Oh, das hab ich vergessen», sagte ich. «Ich steh auf.»

«Das tut mir leid», sagte sie.

«Nein», sagte ich. «Ich hätte an den Wecker denken sollen. Wann willst du aufwachen? Um sechs?»

«Nein, ich glaub, es ist besser, du stellst ihn auf halb sechs. Ich will noch ein bißchen ‹Intimpflege› machen, bevor Foster aufwacht, damit ich uns dann ein gutes Frühstück kochen kann. Es wird ein langer Tag, und wir brauchen eine solide Unterlage.»

«Für die Dame gibt's kein Frühstück», sagte ich. «Vergiß nicht, was Foster gesagt hat.»

«Oh. Oh, das ist richtig. Ich hab's vergessen», sagte Vida.

Dann kam eine schwierige Minute, und dann lächelten wir beide in der Dunkelheit über das, was wir machten. Obwohl wir unser Lächeln nicht sehen konnten, wußten wir, daß es da war, und es tröstete uns, wie das Lächeln in der Nacht schon seit Tausenden von Jahren die problembeladenen Menschen der Erde getröstet hat.

Ich stand auf und drehte das Licht an. Vida lächelte immer noch ruhig, als ich den Wecker auf halb sechs stellte. Es war jetzt unwiderruflich zu spät für Schuldgefühle oder um gegen das Schicksal zu wüten. Wir waren fest in den Chirurgenhänden Mexikos.

«Surrealistisch»

Vida stieg in die Badewanne. Sie sah überhaupt nicht schwanger aus. Ihr Bauch war immer noch so unglaublich flach, daß es schon surrealistisch war, und ich überlegte mir, wie da drin Eingeweide Platz haben könnten, die größere Stücke als Plätzchen und Beeren verdauen konnten.

Ihre Brüste waren voll und groß, aber fein geformt und feucht an den Spitzen.

Bevor sie in die Wanne ging, hatte sie Kaffee aufgesetzt, und ich stand jetzt da und schaute zu, wie der Kaffee durch den Perkolator lief, und gleichzeitig schaute ich durch die offene Badezimmertür zu, wie sie badete. Sie hatte das Haar hochgesteckt. Es sah schön aus, wie es da oben auf ihrem Kopf ruhte.

Wir waren beide müde, aber nicht so nervös, wie wir angesichts der Dinge, die uns erwarteten, hätten sein können, weil wir unter einer sanften, lähmenden Art von Schock standen, die es leichter macht, immer eins nach dem anderen zu tun, einen schwierigen Schritt nach dem andern, bis man die große schwierige Sache geschafft hat, die am Ende auf einen wartet, ganz gleich, was es ist.

Ich glaube, wir haben die Kraft, unser Leben von einem Moment auf den anderen in ein nagelneues Ritual umzuformen, das wir inszenieren, wenn etwas Schweres auftaucht, mit dem wir fertig werden müssen.

Wir werden wie Theater.

Ich schaute abwechselnd dem Kaffee beim Durchlaufen und Vida beim Baden zu. Es würde ein langer Tag werden, aber glücklicherweise würden wir immer nur von einem Augenblick zum andern gehen.

«Ist der Kaffee schon fertig?» fragte Vida.

Ich roch die Kaffeeschwaden, die wie Wetter aus der Tülle stiegen. Sie waren schwer und dunkel von Kaffee. Vida hatte mir beigebracht, wie man am Geruch merkt, daß der Kaffee fertig ist. Sie machte ihn so.

Ich war immer ein Nescafétrinker, aber sie hat mir beigebracht, wie man richtigen Kaffee macht, und ich bin froh, daß ich das gelernt habe. Ich hab wohl die ganzen Jahre hinterm Mond gelebt, daß Kaffee und Staub für mich eins waren.

Ich dachte ein bißchen übers Kaffeekochen nach, während ich zuschaute, wie der Kaffee durch den Perkolator lief. Es ist komisch, wie die einfachen Dinge im Leben weitergehen, während wir schwierig werden.

«Du, hast du mich gehört?» fragte Vida. «Der Kaffee. Hör auf rumzuträumen und kümmere dich um den Kaffee. Ist er schon fertig?»

«Ich hab grad an was anderes gedacht», sagte ich.

Fosters Glocke

Vida zog eine einfache, aber ziemlich attraktive weiße Bluse an und einen kurzen blauen Rock – man konnte leicht ein ganzes Stück über ihre Knie hinaufschauen –, und sie zog so ein kleines Pulloverding über die Bluse. Ich hab noch nie Kleider so beschreiben können, daß jeder weiß, wovon ich rede.

Sie hatte kein Make-up, außer an den Augen. Sie waren dunkel und blau in der Art, in der uns jetzt, in den letzten Jahren des siebten Jahrzehnts im zwanzigsten Jahrhundert, Augen am besten gefallen.

Ich hörte, wie die Silberglocke an der Bibliothekstür läutete. Sie läutete hastig und irgendwie schockiert. Es war fast, als hätte die Glocke Angst und riefe um Hilfe.

Es war Foster.

Foster hatte sich noch nie wirklich für die Glocke begeistern können. Für ihn blieb sie immer eine Tuntenglocke, und er bot mir immer an, eine neue hinzumachen. Er fing auch gleich wieder damit an, als ich ihn jetzt hereinließ. Ich machte die Tür auf, aber er blieb draußen stehen und hielt die Glockenschnur in der Hand, obwohl er nicht mehr klingelte.

Es war noch dunkel, und Foster trug sein ewiges T-Shirt, und sein büffelschweres blondes Haar hing um seine Schultern. «Du solltest meinen Rat annehmen», sagte er. «Schmeiß die verdammte Glocke weg, und ich häng dir 'ne richtige Glocke hin.»

«Wir wollen keine Glocke, die die Leute erschreckt», sagte ich.

«Was soll denn das? Leute erschrecken! Wie zum Teufel kann denn 'ne Glocke Leute erschrecken?»

«Wir brauchen eine Glocke, die zu dem paßt, was wir hier anbieten, eine, die mit der Bibliothek harmoniert. Wir brauchen hier eine leise Glocke.»

«Keine Rowdyglocke, was?» fragte Foster.

«So würde ich das nicht ausdrücken», sagte ich.

«Verdammt», sagte Foster. «Die Glocke klingelt doch wie ein gottverdammter Schwuler von der Market Street. Was seid ihr denn hier eigentlich für ein Laden?»

«Zerbrich dir deswegen nicht den Kopf», sagte ich.

«Na ja, ich will doch nur dein Bestes, Kleiner. Das ist alles.» Er streckte die Hand aus und gab der Glocke einen leichten Klaps auf den Schwengel.

«Foster!» sagte ich.

«Verdammt noch mal, Kleiner, mit 'ner Blechbüchse und 'nem Löffel kannst du 'ne tolle Glocke fabrizieren.»

«Und wie wär's mit 'nem Messer und 'ner Gabel und noch 'ner Schüssel Suppe dazu, Foster? Ein bißchen Kartoffelbrei und Soße und vielleicht ein Truthahnbein? Wie wär denn das? Wär das nicht 'ne gute Glocke?»

«Vergiß es», sagte Foster. Er streckte die Hand aus und gab der Glocke noch mal einen leichten Klaps auf ihren silbernen Schwengel und sagte: «Tschüß, Süße».

Instruktionen für TJ

Vida machte Foster und mir ein gutes Frühstück, obwohl sie selber außer ein bißchen Kaffee nichts zu sich nahm.

«Du siehst wirklich hübsch aus heut morgen», sagte Foster. «Du siehst aus wie ein Traum, den ich noch nie gehabt hab.»

«Ich wette, das sagst du zu allen Mädchen», sagte Vida. «Ich seh doch, daß du durch und durch ein Charmeur bist.»

«Ich hab ein oder zwei Freundinnen gehabt», sagte Foster.

«Noch Kaffee?» fragte Vida.

«Ja, das wär prima. Der Kaffee ist nämlich wirklich gut. Irgend jemand hier drin weiß, wie man mit Kaffeebohnen umgeht.»

«Und du?» fragte Vida.

«Ja klar.»

«So, das hätten wir.»

Vida setzte sich wieder hin.

«Also, ihr wißt ja, was ihr zu tun habt», sagte Foster nach dem Frühstück. «Ihr braucht euch wegen nichts Sorgen zu machen. Dr. Garcia ist ein wunderbarer Arzt. Es geht ohne Schmerzen und ohne Gedöns. Das läuft alles ganz einfach ab. Ihr wißt ja, wie ihr hinkommt. Es ist bloß ein paar Blocks von der Hauptstraße weg.

Der Doktor versucht vielleicht, euch noch ein paar Extradollars abzunehmen, aber gebt nicht nach, sondern sagt: ‹Ja, Dr. Garcia, Foster hat gesagt, es macht 200 Dollar, und das ist alles, was wir dabei haben. Hier ist es›, und dann holt ihr das Geld aus der Tasche.

Er wird ein bißchen nervös aussehen, und dann wird er es in die Tasche stecken, ohne es zu zählen, und danach ist er der beste Arzt auf der ganzen Welt. Vertrau ihm und tu, was er sagt, und verkrampf dich nicht, und alles wird gut.

Er ist ein wunderbarer Arzt. Er erspart 'ner ganzen Menge Leute 'ne ganze Menge Kummer.»

Instruktionen für die Bibliothek

«...», sagte ich.

«Ich versprech dir, daß ich deine kleine schwule Glocke mit ihren Silberhosen nicht abmache und 'ne Blechbüche mit 'nem Löffel hinhänge, was ja die beste Glocke für die Anstalt hier wär. Hast du mal gehört, wie das klingt?» sagte Foster.

«...», sagte ich.

«Das ist aber schade. Es gibt einen unheimlich hübschen Klang. Wirklich erhebend, und so beruhigend für die Nerven.»

«...», sagte ich.

«Das ist wirklich 'ne Schande», sagte Foster.

«...», sagte ich.

«Ich hab nicht gewußt, daß du das so siehst», sagte Foster.

«...», sagte ich.

«Mach dir keinen Kummer. Ich werd' der Bibliothek kein Haar krümmen und keinen Dachziegel brechen. Ich behandle deine Bibliothek wie den Geburtstagskuchen für ein Kind, den ich in einer kleinen gelben Schachtel auf meinen Armen von der Bäckerei nach Hause trag, weil es zu riskant wär, die Schachtel an der Schnur zu halten.

Ich muß auf den Hund da vorne aufpassen. Vielleicht beißt er mich, und ich laß den Kuchen fallen. Da, jetzt bin ich an ihm vorbei. Braver Hund.

Oh, oh, da kommt mir eine kleine alte Dame entgegen. Vorsichtig jetzt. Sie kriegt 'ne Herzattacke und bricht vielleicht vor mir zusammen, und ich stolpere über sie drüber. Ich laß sie nicht aus den Augen. Da, jetzt geht sie an mir vorbei. Es geht gut. Deine Bibliothek ist sicher», sagte Foster.

«…», sagte Vida. Sie lachte.

«Danke, mein Schatz», sagte Foster.

«…», sagte ich.

«Ich werde die Apostel, die hier reinkommen, wie heilige Eier behandeln. Und ich werde kein einziges zerbrechen», sagte Foster.

«…», sagte Vida. Sie lachte.

«Oh, Schatz, du bist zu nett», sagte Foster.

«…», sagte ich.

«Hör auf, rumzusinnieren, Kleiner. Ich weiß, was ich zu tun hab, und ich werde mein Bestes tun, und das ist alles, was ich sagen kann», sagte Foster.

«…», sagte Vida.

«Ist es denn nicht wahr? Er ist doch noch nicht alt. Er ist einfach ein kleiner Junge», sagte Foster.

«…», sagte ich.

«Ich glaub, ich hab bis jetzt den Frieden und die Ruhe, die häusliche Grabstille der Höhlen noch nie so richtig zu schätzen gewußt. Du hast mir eine völlig neue Welt eröffnet, Kleiner. Ich sollte dir auf Händen und Knien und aus ganzem Herzen für das danken, was du getan hast.»

«…», sagte ich.

«Ah, Kalifornien!» sagte Foster.

Fosters Herz

Foster bestand darauf, die Tasche zum Auto zu tragen. Es war schon hell, und die Dämmerung war halb vorbei. Foster schwitzte in seinem T-Shirt mächtig drauflos, dabei fanden wir es draußen ein wenig frostig.

In all den Jahren, in denen ich Foster jetzt kannte, hatte ich ihn noch nie gesehen, wenn er mal nicht schwitzte. Das kam wahrscheinlich von der Größe seines Herzens. Ich hab nie daran gezweifelt, daß sein Herz so groß war wie eine Beutelmelone, und manchmal dachte ich beim Einschlafen über die Größe von Fosters Herz nach.

Einmal ist mir Fosters Herz im Traum erschienen. Es war auf einem Pferd, und das Pferd ging in eine Bank, und die Bank wurde von einer Wolke heruntergestoßen. Ich konnte nicht sehen, wodurch die Bank heruntergestoßen wurde, aber es ist schon seltsam, sich vorzustellen, wodurch eine Bank von einer Wolke heruntergestoßen werden könnte, eine Bank, in der Fosters Herz war und die jetzt durch den Himmel hinunterstürzte.

«Was habt ihr denn in der Tasche?» fragte Foster. «Die ist ja so leicht, als wär gar nichts drin.»

Er ging hinter Vida her, die auf eine reizend unsichere Art vorausging und so vollkommen schön aussah, als wäre sie nicht bei uns, als wäre sie allein in einem anderen geistigen Aggregatzustand oder als wäre sie eine animalische Stufenleiter zur Religion.

«Kümmere du dich nicht um unsere Geheimnisse», sagte Vida, ohne sich umzudrehen.

«Willst du nicht irgendwann mal meiner Häschenfalle einen Besuch abstatten?» fragte Foster.

«Und deinen Privathasen spielen?» fragte Vida.

«Den hast du wohl schon gehört», sagte Foster.

«Ich hab sie alle schon gehört.»

«Da bin ich ganz sicher», sagte Foster, während er sauber und glatt durch den Himmel hinunterstürzte.

Vida lernt den Transporter kennen

Auf dem Bürgersteig lagen noch Überbleibsel leeren weißen Papiers von der Frau letzte Nacht. Sie sahen schrecklich allein aus. Foster stellte unsere kleine Tasche in den Transporter.

«So, hier ist eure Tasche. Bist du sicher, daß du mit dem Ding hier fahren kannst?» sagte Foster. «Es ist ein Transporter.»

«Ja, ich kann mit einem Transporter fahren. Ich kann alles fahren, was Räder hat. Ich hab sogar schon ein Flugzeug geflogen», sagte Vida.

«Ein Flugzeug?» fragte Foster.

«Vor ein paar Jahren im Sommer hab ich oben in Montana eins geflogen. Es war toll», sagte Vida.

«Du siehst nicht so aus wie der Typ Mädchen, der Flugzeuge fliegt», sagte Foster. «Verdammt, vor ein paar Jahren warst du doch noch in der Wiege. Bist du sicher, daß du nicht mit einem Stoffflugzeug geflogen bist?»

«Mach dir wegen deinem Transporter keine Sorgen», sagte Vida. Sie brachte die Unterhaltung vom Himmel wieder auf den Boden zurück.

«Du mußt vorsichtig fahren», sagte Foster. «Mein Transporter hat seine eigene, besondere Persönlichkeit.»

«Er ist in guten Händen», sagte Vida. «Mein Gott, du bist mit deinem Transporter so schlimm wie er mit seiner Bibliothek.»

«Verdammt noch mal! Also gut», sagte Foster. «Ich hab euch gesagt, was ihr tun müßt, und ihr geht jetzt lieber und macht es. Ich bleib da und kümmere mich um die Anstalt hier, solange ihr weg seid. Ich glaub, es wird mir nicht langweilig werden, falls die Dame, die ich gestern nacht kennengelernt hab, auch nur annähernd ein Beispiel ist für die Dinge, die hier vorgehen.»

Auf dem Boden lagen weiße Papierbögen.

Foster legte seine Arme um uns beide und drückte uns sehr freundlich und tröstend an sich, als wollte er mit seinen Armen sagen, daß alles gut würde und daß er uns am Abend wiedersehen würde.

«Also, Kinder, viel Glück.»

«Vielen Dank», sagte Vida und wandte sich Foster zu und gab ihm einen Kuß auf die Wange. Sie sahen auf eine heroische Art aus wie Vater und Tochter, der eine lag im Arm des andern, und sie standen Wange an Wange in der klassischen Manier, die uns in unsere Zeit geführt hat.

«Rein mit euch», sagte Foster.

Wir stiegen in den Transporter. Es war plötzlich ein schrecklich komisches Gefühl für mich, wieder in einem Fahrzeug zu sitzen. Der Transporter war wie ein metallisches, eierartiges Gehäuse, und das war sehr verblüffend für mich, und ich mußte in verschiedener Hinsicht das zwanzigste Jahrhundert wieder ganz neu entdecken.

Foster stand am Bordstein und ließ Vida hinter den Armaturen des Transporters nicht aus den Augen.

«Fertig?» sagte sie und schaute mich an. Auf ihrem Gesicht lag ein leichtes Lächeln.

«Ja, es ist schon lange her», sagte ich. «Ich komm mir vor wie in einer Zeitmaschine.»

«Ich weiß», sagte sie. «Beruhige dich nur. Ich weiß schon, was ich tu.»

«Gut», sagte ich. «Fahren wir los.»

Vida ließ den Transporter an, als wäre sie für das Armaturenbrett, für das Lenkrad und für die Pedale geschaffen.

«Klingt gut», sagte Vida.

Foster war sehr zufrieden mit ihrer Leistung und nickte ihr zu wie ein Fachmann dem andern. Dann gab er ihr das Startsignal, und sie fuhr los, und wir waren auf dem Weg zu unserem Besuch bei Dr. Garcia, der uns genau an diesem Tag in Tijuana, Mexiko, erwartete.

BUCH IV

Tijuana

Die Freewayer

Ich hatte vergessen, wie das geht. Ich hatte vergessen, wie die Straßen in San Francisco gehen, bis sie zum Freeway kommen. Ich hatte sogar vergessen, wie San Francisco geht.

Es war schon eine Überraschung, wieder draußen zu sein, wieder in einem Fahrzeug zu fahren. Es war schon fast drei Jahre her. Mein Gott, ich war achtundzwanzig, als ich in die Bibliothek ging, und jetzt war ich einunddreißig Jahre alt.

«Welche Straße ist denn das?» fragte ich.

«Divisadero», sagte Vida.

«Oh, ja», sagte ich. «Klar, Divisadero.»

Vida warf mir einen sehr verständnisvollen Blick zu. Wir mußten an einer Ampel halten, gleich vor einem Laden, in dem es lebende Hühner und Spaghetti gab. Ich hatte vergessen, daß es solche Läden gab.

Vida nahm eine Hand vom Lenkrad und gab mir einen leichten Klaps aufs Knie. «Mein armer, lieber Einsiedler», sagte sie.

Wir fuhren die Divisadero hinunter und sahen einen Mann, der die Fenster eines Bestattungsinstituts mit einem Gartenschlauch wusch. Er spritzte mit dem Schlauch gegen die Fenster im ersten Stock. Es war ein etwas ungewöhnlicher Anblick, so früh am Morgen.

Vida bog von der Divisadero ab und fuhr um einen Häuserblock. «Oak Street», sagte sie. «Erinnerst du dich noch an die Oak Street? Sie geht bis zum Freeway runter zum Flughafen. Du erinnerst dich doch noch an den Flughafen?»

«Ja», sagte ich. «Aber ich war noch nie in einem Flugzeug. Ich war draußen, wenn ich Freunde zum Flugzeug gebracht habe, aber das ist schon Jahre her. Haben sich die Flugzeuge irgendwie geändert?»

«Ach du», sagte sie. «Wenn wir das alles hinter uns haben, muß ich dich aus dieser Bibliothek rausholen. Ich glaub, du warst schon lange genug da drin. Sie müssen sich jemand andern suchen.»

«Ich weiß nicht», sagte ich. Ich wollte das Thema fallenlassen. Ich sah, wie eine Negerin einen leeren Safeway-Einkaufskarren auf der Oak Street schob. Der Verkehr um uns herum war sehr stark. Er machte mir Angst, und gleichzeitig erregte er mich. Wir fuhren in Richtung Freeway.

«Was ich noch fragen wollte», sagte Vida. »Für wen arbeitest du?»

«Was meinst du damit?» fragte ich.

«Ich meine, wer zahlt die Rechnungen für deine Bibliothek?» sagte sie. «Das Geld, das man braucht, damit der Laden läuft? Wer trägt die Kosten?»

«Das wissen wir nicht», sagte ich und tat so, als wäre das schon die Antwort auf ihre Frage.

«Ihr wißt es nicht, was meinst du damit?» sagte Vida. Es hatte nicht funktioniert.

«Sie schicken Foster von Zeit zu Zeit einen Scheck. Er weiß nie, wann er kommt oder wieviel es ist. Manchmal schicken sie uns nicht genug.»

«Sie?» fragte sie. Sie ließ wirklich nicht locker.

Wir hielten an einer Ampel. Ich versuchte, einen Punkt zu finden, wo ich hinschauen konnte. Ich mochte nicht über die finanzielle Struktur der Bibliothek reden. Es gefiel mir gar nicht, an die Bibliothek in Zusammenhang mit Geld zu denken. Alles, was ich sah, war wieder ein Einkaufskarren, mit dem ein Neger Zeitungen ausfuhr.

«Von wem redest du denn?» fragte Vida. «Wer bekommt die Rechnungen?»

«Es ist eine Stiftung. Wir wissen nicht, wer dahintersteckt.»

«Wie heißt denn die Stiftung?» fragte Vida.

Es reichte anscheinend immer noch nicht.

«The American Forever, Etc.»

«The American Forever, Etc.», sagte Vida. «Jungejunge! Das klingt nach Steuerhinterziehung. Ich glaub, deine Bibliothek ist ein Abschreibungsobjekt.»

«Ich weiß es nicht», sagte ich. «Alles, was ich weiß, ist, daß ich da sein muß. Es ist mein Job. Ich muß da sein.»

«Hör mal, ich glaub, du mußt dir eine neue Arbeit beschaffen. Es muß doch noch was anderes geben, was du kannst.»

«Es gibt 'ne Menge Sachen, die ich tun kann», sagte ich, ein wenig abwehrend.

Genau in diesem Augenblick schossen wir auf den Freeway, und mein Magen schoß davon wie ein Schwarm von Vögeln, an deren Flügeln sich Schlangen kringelten, und wir vereinigten uns mit dem Hauptstrom amerikanischen Bewegungsdenkens. Man konnte schon Angst bekommen nach soviel Jahren. Ich kam mir vor wie ein Dinosaurier, den man aus seinem Grab gezerrt und einfach in diesen Existenzkampf geschubst hatte, in dem er sich gegen den Freeway und seine metallischen Früchte behaupten mußte.

«Wenn du jetzt keine Lust zum Arbeiten hast», sagte Vida, «kann ich ja für uns beide sorgen, bis dir wieder danach ist, aber du mußt so bald wie möglich aus der Bibliothek raus. Das ist nicht mehr das Richtige für dich.»

Ich schaute aus dem Fenster und sah ein Schild, auf dem ein Huhn ein gigantisches Ei in der Hand hielt.

«Ich hab jetzt andere Dinge im Kopf», sagte ich, in der Hoffnung, damit durchzukommen. «Wir reden in ein paar Tagen wieder darüber.»

«Du machst dir doch keine Sorgen wegen der Abtreibung, oder?» fragte Vida. «Tu das bitte nicht. Ich hab unbegrenztes Vertrauen zu Foster und seinem Arzt. Außerdem hat meine Schwester letztes Jahr in Sacramento eine Abtreibung gehabt, und sie ist am nächsten Tag schon wieder zur Arbeit gegangen. Sie war ein bißchen müde, aber das war alles. Mach dir also keine Sorgen. Eine Abtreibung ist eine ziemlich einfache Angelegenheit.»

Ich schaute Vida von der Seite an. Ihr Blick war jetzt, nachdem sie das gesagt hatte, starr nach vorne gerichtet, sie beobachtete den Verkehr vor uns, während wir auf dem Freeway aus San Francisco brausten, am Potrero Hill vorbei und zu dem Flugzeug, das auf uns wartete und das um 8.15 Uhr mit uns über Kalifornien nach Süden fliegen und um 9.45 Uhr in San Diego landen würde.

«Wenn wir wieder da sind, können wir vielleicht eine Zeitlang in den Höhlen wohnen», sagte Vida. «Es ist ja bald Frühling. Es könnte schön sein da drin.»

«Sickerwasser», sagte ich.

«Was?» fragte Vida. «Ich hab dich nicht gehört. Ich hab geschaut, was der Chevrolet da vorn vorhat. Also, was hast du grade gesagt?»

«Nichts», sagte ich.

«Na ja», sagte sie. «Wir müssen dich jedenfalls aus der Bibliothek da rausholen. Vielleicht wär's am besten, wenn man das Ganze überhaupt aufgibt, auch die Höhlen, und ganz woanders zusammen anfängt. Vielleicht können wir nach New York gehen, oder wir ziehen ins Mill Valley, oder nehmen uns eine Wohnung in Bernal Heights, oder ich geh wieder an die Uni und mach meinen Abschluß, und wir nehmen uns eine kleine Wohnung in Berkeley. Es ist schön da. Du wärst ein Held in Berkeley.»

Vidas Interesse, mich aus der Bibliothek rauszuholen, schien stärker zu sein als die Gedanken, die sie sich wegen der Abtreibung machte.

«Die Bibliothek ist mein Leben», sagte ich. «Ich weiß nicht, was ich ohne sie machen würde.»

«Wir werden dir schon ein neues Leben verpassen», sagte Vida.

Ich schaute den Freeway hinunter: da vorne wartete der Internationale Flughafen von San Francisco, der jetzt am frühen Morgen fast mittelalterlich aussah, wie eine Burg der Geschwindigkeit im Innern des Weltraums.

Der Internationale Flughafen San Francisco

Vor dem Flugplatz erwartete uns die Benny Bufano Friedensstatue. Vida parkte den Transporter in der Nähe des Denkmals, das wie eine riesige Patrone zwischen den Autos in die Luft ragte. Die Statue wirkte sehr gelassen in diesem Meer aus Metall. Sie ist so ein Stahlding mit freundlichen Marmormosaikleuten drauf. Sie versuchten, uns etwas zu sagen. Leider hatten wir keine Zeit, zuzuhören.

«So, da wären wir», sagte Vida.

«Ja.» Ich holte unsere Tasche heraus, und wir ließen den Transporter jetzt, am Morgen, da stehen, und wir würden ihn, falls alles gut ginge, am Abend wieder abholen. Der Transporter wirkte ein wenig verlassen, wie ein Büffel, unter den anderen Autos.

Wir gingen zum Abfertigungsgebäude. Hunderte von Leuten, die mit Flugzeugen kamen und wegflogen, tummelten sich in der Halle. Reisefieber hing in der Luft, Netze, in denen die Leute sich verfangen hatten, und wir gehörten auch zur Beute.

Die Halle des Internationalen Flughafens San Francisco ist riesig, voller Rolltreppen, voller Marmor, voller Kybernetik, und sie will uns etwas vorführen, von dem wir nicht wissen, ob wir ihm schon so ganz gewachsen sind. Sie hat auch sehr viel *Playboy*-Atmosphäre.

Wir gingen rüber – rüber heißt hier: sehr weit – und holten unsere Tickets am Schalter der Pacific Southwest Airlines ab. Ein junger Mann und eine junge Frau bedienten uns. Sie sahen gut aus und waren sehr kompetent. Das Mädchen machte den Eindruck, als würde sie ohne Kleider sehr gut aussehen. Sie konnte Vida nicht leiden. Die beiden hatten Anstecknadeln mit einem halben Flügel auf der Brust, wie amputierte Falken. Ich steckte unsere Tickets in meine Tasche. Dann mußte ich aufs Klo.

«Warte hier auf mich», sagte ich.

Das Klo war so elegant, daß es einem vorkam, als sollte man hier nur im Smoking pinkeln.

Während ich weg war, wurde Vida von drei Männern angesprochen. Einer von ihnen wollte sie heiraten.

Wir hatten noch ungefähr fünfundvierzig Minuten Zeit, bis unser Flugzeug nach San Diego ging, und wir gingen noch auf eine Tasse Kaffee. Es war so seltsam, wieder unter Leuten zu sein. Ich hatte vergessen, wie kompliziert sie waren, wenn sie in größeren Einheiten vorkamen.

Vida wurde natürlich von allen angestarrt. Ich hatte noch nie zuvor gesehen, daß ein Mädchen so viel Aufmerksamkeit erregt hätte. Es war genau so, wie sie gesagt hatte: und noch viel schlimmer.

Ein junger, gutaussehender Mann, der in seinem gelben Jakkett aussah wie ein gottverdammter Maître von irgendwas, führte uns zu einem Tisch neben einer Pflanze mit großen grünen Blättern. Er war außerordentlich an Vida interessiert, versuchte aber, es nicht allzu deutlich zu zeigen.

Das Grundthema des Restaurants war rot und gelb mit einer überraschenden Anzahl junger Leute und dem lauten Klappern von Geschirr. Ich hatte vergessen, daß Geschirr soviel Krach machen kann.

Ich schaute mir die Speisekarte an, obwohl ich keinen Hunger hatte. Es war schon Jahre her, daß ich mir eine Speisekarte angeschaut hatte. Die Speisekarte sagte guten Morgen zu mir, und ich sagte mehrmals guten Morgen zu der Speisekarte. Man könnte tatsächlich den Rest seines Lebens damit verbringen, sich mit Speisekarten zu unterhalten.

Alle Männer in dem Restaurant waren durch Vidas Schönheit sofort wach und aufmerksam geworden und die Frauen auf eine eifersüchtige Art auch. Die Frauen waren von einer grüngelben Aura umgeben.

Eine Bedienung in einem gelben Kleid und einer niedlichen Schürze nahm unsere Bestellung für zwei Tassen Kaffee entgegen und ging dann wieder weg, um sie zu holen. Sie war hübsch, aber Vidas Gegenwart ließ sie verblassen.

Wir schauten aus dem Fenster: Flugzeuge kamen und flogen weg, brachten die Welt nach San Francisco und nahmen sie dann mit 900 Stundenkilometern wieder mit.

Man konnte Negerköche in weißen Uniformen und hohen weißen Mützen sehen, aber im Restaurant saßen keine Neger. Wahrscheinlich fliegen Neger so früh am Vormittag noch nicht mit dem Flugzeug.

Die Bedienung kam mit unserem Kaffee. Sie stellte den Kaffee auf den Tisch und ging. Sie hatte herrliche blonde Haare, aber das nützte nichts. Sie nahm die Speisekarte mit: auf Wiedersehen, guten Morgen.

Vida wußte, was ich dachte, denn sie sagte: «Du erlebst es jetzt zum erstenmal. Es hat mir wirklich zugesetzt, bis ich dich getroffen hab. Aber das weißt du ja alles.»

«Hast du schon mal daran gedacht, zum Film zu gehen oder hier im Flughafen zu arbeiten?» fragte ich.

Vida mußte lachen, ein Ereignis, das einen etwa einundzwanzigjährigen Jungen veranlaßte, sich über und über mit Kaffee zu bekleckern, und die hübsche Bedienung, mit einem Handtuch zu ihm hinzustürzen. Er kochte in seinem eigenen Kaffee.

Es war jetzt Zeit für unser Flugzeug, und wir gingen. Ich zahlte bei einer sehr hübschen Kassiererin am Ausgang des Cafés. Sie lächelte mich an, als sie das Geld nahm. Dann schaute sie Vida an, und sie hörte auf zu lächeln.

Die Frauen, die hier arbeiteten, waren sehr attraktiv. In der Halle war eine Menge Schönheit versammelt, aber Vidas Gegenwart stutzte alles zurecht, fast so, als wäre es gar nicht da. Ihre Schönheit war wie ein eigenständiges Wesen, auf ihre Art völlig rücksichtslos.

Wir gingen durch die Halle, und wo immer zwei Leute zusammenstanden oder zusammen gingen, pufften sie sich gegenseitig mit dem Ellbogen an, um den andern auf Vida aufmerksam zu machen. Vidas Schönheit war wahrscheinlich die Ursache von einer Million grüner und blauer Flecken: Ah, de Sade, dein Füllhorn unbegrenzter Wonnen.

Zwei vierjährige Jungs waren plötzlich vom Hals aufwärts gelähmt, als sie mit ihrer Mutter an uns vorbeikamen. Sie konnten ihren Blick nicht von Vida losreißen. Es ging einfach nicht.

Wir gingen zum Warteraum der PSA und entfesselten unter den männlichen Wesen, an denen unser Weg vorbeiführte, ein Höllenchaos. Ich hatte meinen Arm um Vida gelegt, aber es war nicht nötig. Sie hatte die Furcht vor ihrem eigenen Körper schon fast völlig überwunden.

Ich hatte so etwas noch nie erlebt. Ein Mann in mittleren Jahren, ein Vertreter vielleicht, rauchte gerade eine Zigarette, als wir auf ihn stießen. Er warf einen Blick auf Vida und führte seine Zigarette zum Mund. Er traf daneben.

Er stand da und glotzte wie ein Idiot, und seine Augen ließen Vida nicht los, obwohl ihre Schönheit seinen Wirklichkeitssinn völlig verrückt hatte.

PSA

Das Düsenflugzeug mit seinem haifischartigen Schwanz hatte etwas Lauerndes, als würde es sich zum Sprung ducken. Es war das erste Mal, daß ich in einem Flugzeug war. Es war eine seltsame Erfahrung, in dieses Ding zu klettern.

Wir gingen zu unseren Sitzen. Vidas Erscheinen rief unter den männlichen Passagieren die übliche Panik hervor. Wir schnallten uns sofort an. Alle waren nervös, und jeder, der ins Flugzeug kam, schloß sich dieser nervenschwachen Bruderschaft sofort an.

Ich schaute aus dem Fenster: wir saßen über dem Flügel. Ich war überrascht, daß auf dem Boden des Flugzeugs ein Teppich lag.

An den Wänden des Flugzeugs waren kleine Ansichten von Kalifornien: Cable Cars, Hollywood, der Coit Tower, das Mount Palomar Teleskop, eine kalifornische Missionsstation, die Golden Gate Bridge, ein Zoo, ein Segelboot etc. und ein Gebäude, das ich nicht kannte. Ich schaute mir das Gebäude sehr genau an. Vielleicht war es in der Zeit gebaut worden, in der ich in der Bibliothek war.

Die Männer starrten Vida immer noch an, obwohl das Flugzeug voll attraktiver Stewardessen war. Vida machte sie unsichtbar, was ihnen wahrscheinlich sehr selten passierte.

«Es ist wirklich nicht zu fassen», sagte ich.

«Sie können alles haben, wenn sie's wollen. Ich will ja gar nichts damit machen», sagte Vida.

«Du bist wirklich 'ne Wucht», sagte ich.

«Nur weil ich bei dir bin», sagte sie.

Bevor wir starteten, sprach ein Mann über die Sprechanlage des Flugzeugs zu uns. Er hieß uns an Bord willkommen und erzählte uns viel über das Wetter, die Temperatur, Wolken, die Sonne und den Wind und was für Wetter uns weiter unten in Kalifornien erwartete. Wir wollten nicht soviel übers Wetter hören. Ich hoffte, daß der Sprecher der Pilot wäre.

Draußen war es kalt und grau, ohne Aussicht auf Sonne. Wir starteten jetzt. Wir fuhren die Rollbahn hinunter, zuerst langsam, dann schneller, schneller, schneller: o Gott!

Ich schaute auf den Flügel hinunter. Die Nieten im Flügel sahen schrecklich harmlos aus, so als wären sie nicht imstande, irgendwas zusammenzuhalten. Von Zeit zu Zeit zitterte der Flügel ganz leicht, aber noch stark genug, um an die prekären Nieten zu erinnern.

«Wie geht's dir denn?» fragte Vida. «Du bist ein bißchen grün.»

«Es ist halt ungewohnt», sagte ich.

Eine mittelalterliche Klappe hing vom Flügel herunter, als wir starteten. Es war das metallische Eingeweide irgendeiner Vogelart, einziehbar und unwirklich.

Wir flogen über den Nebelwolken und genau in die Sonne. Es war phantastisch. Die Wolken waren weiß und schön und wie Blumen, die auf den Bergen und Hügeln unter uns wuchsen und die mit ihren Blüten die Täler vor unseren Blicken versteckten.

Ich schaute zu meinem Flügel hinunter und sah etwas, das aussah wie ein Kaffeefleck, als hätte jemand eine Tasse Kaffee auf den Flügel gestellt. Man sah den ringförmigen Fleck von der Tasse und dann einen richtig großen Spritzer, an dem man sehen konnte, daß die Tasse umgefallen war.

Ich hielt Vidas Hand.

Von Zeit zu Zeit stießen wir gegen unsichtbare Hindernisse in der Luft, und das Flugzeug bockte wie ein Geisterpferd. Ich schaute wieder zu dem Kaffeefleck hinunter. Er gefiel mir, und die Welt war weit unter uns. Wir würden in weniger als einer Stunde in Burbank in Los Angeles landen, einige Passagiere würden aussteigen und neue dazukommen, und dann weiter nach San Diego.

Wir flogen so schnell, daß es nur ein paar Augenblicke dauerte, bis wir weg waren.

Allmählich mochte ich den Kaffeefleck auf meinem Flügel richtig gern. Er war wie geschaffen für diesen Tag: wie ein Talisman. Ich fing an, an Tijuana zu denken, aber dann überlegte ich es mir anders und kehrte wieder zu dem Kaffeefleck zurück.

Im Flugzeug waren die Stewardessen in Aktion getreten. Sie sammelten Tickets ein, boten Kaffee an und machten sich allgemein beliebt.

Die Stewardessen waren wie schöne *Playboy*-Nonnen, und sie gingen in den Gängen des Flugzeugs auf und ab, als wäre das Flugzeug ein Nonnenkloster. Sie trugen kurze Röcke, zeigten reizende Knie, schöne Beine, aber ihre Knie und Beine verblaßten und wurden unsichtbar gegen Vida, die still neben mir in ihrem Sitz saß, meine Hand hielt und an Tijuana dachte, an den Ort, zu dem sie und ihr Körper unterwegs waren.

In den Bergen konnte man einen herrlichen grünen Flecken sehen, wie eine Tasche. Es war vielleicht eine Ranch oder ein Feld oder eine Wiese. Es gefiel mir, und ich hätte diese grüne Tasche ewig anschauen können.

Die Geschwindigkeit des Flugzeugs machte mich sanft und zärtlich.

Einige Zeit später gaben die Wolken langsam und widerwillig die Täler frei, aber das Land, über das wir flogen, war äußerst öde, nicht einmal die Wolken wollten es haben. Unter uns war nichts, was an Menschen erinnerte, außer ein paar Straßen, die wie lange, ausgedörrte Regenwürmer durchs Gebirge liefen.

Vida war immer noch still und schön.

Die Sonne schwang auf meinem Flügel immer noch hin und her. Ich schaute an meinem Kaffeefleck vorbei hinunter und sah, daß wir jetzt über ein halb verödetes Tal flogen, in dem sich das landwirtschaftliche Konzept des Menschen in Gelb und Grün abzeichnete. Aber auf den Bergen standen keine Bäume; sie waren nackt und gekrümmt wie urzeitliche chirurgische Instrumente.

Ich schaute zu der mittelalterlichen Eingeweideklappe am Flügel hinüber, die sich jetzt, neben meinem Kaffeefleck-Talisman, hob, um Hunderte von Stundenkilometern zu verschlingen.

Vida war vollkommen da, obwohl ihre Augen schon nach Süden träumten.

Die Leute auf der anderen Seite des Flugzeugs schauten durchs Fenster nach unten. Ich fragte mich, was da sein könnte, schaute auf meiner Seite hinunter und sah eine kleine Stadt und eine Landschaft, die jetzt sanfter wirkte, und dann kamen noch mehr Städte. Die Städte wurden jetzt wie Lupen: eine vergrößerte die andere. Die Sanftheit der Landschaft wurde immer städtischer, Städte wucherten, wurden dichter und dichter und verwuchsen zu Los Angeles, und ich hielt Ausschau nach einem Freeway.

Der Mann, von dem ich hoffte, daß er der Pilot wäre oder daß er in irgendeiner offiziellen Eigenschaft im Flugzeug wäre, sagte uns, daß wir in zwei Minuten landen würden. Wir flogen plötzlich in einen dichten Dunstschleier, und aus dem Dunstschleier wurde der Flughafen Burbank. Die Sonne war weg, und alles war neblig und dunkel. Es war gelber Nebel, während es in San Francisco grauer Nebel gewesen war.

Das Flugzeug wurde leer und füllte sich dann wieder. Vida wurde währenddessen in eine ganze Menge visueller Tathandlungen verwickelt. Eine der Stewardessen blieb eine Minute lang ein paar Sitzreihen entfernt stehen und starrte Vida an, als wollte sie sich vergewissern, daß sie auch wirklich da wäre.

«Wie fühlst du dich denn?» fragte ich.

«Gut», sagte Vida.

Eine kleine Verkehrsmaschine ungefähr von der Größe eines P-38-Jagdfliegers mit verrostet wirkenden Propellern rollte an uns vorbei zum Start. Hinter den Fenstern sah man entsetzte Passagiere.

Vor uns saßen jetzt ein paar Geschäftsleute. Sie unterhielten sich über ein Mädchen. Sie wollten alle mit ihr ins Bett gehen. Sie war Sekretärin in einem Zweigbüro in Phoenix. Sie unterhielten sich im Bürojargon über sie. «Ich würde gern mal ihren Kontostand überprüfen! Ha-ha! Ha-ha! Ha-ha-ha!»

Der «Pilot» hieß die neuen Leute an Bord willkommen und

erzählte uns wieder zuviel übers Wetter. Niemand wollte hören, was er zu sagen hatte.

«Wir werden in etwa einundzwanzig Minuten in San Diego landen», schloß er seinen Wetterbericht.

Als wir in Burbank starteten, fuhr auf der anderen Seite des Flugplatzes ein Zug parallel zu uns. Wir ließen ihn und Los Angeles hinter uns, als wären sie gar nicht da.

Wir stiegen durch den schweren, gelben Dunstschleier, und plötzlich schien die Sonne wieder ruhig und gelassen auf den Flügel, und mein Kaffeefleck sah so glücklich aus wie ein Wellenreiter, aber das war nur ein flüchtiger Zustand.

Mit Bing-bong nach San Diego

Bing-bong!

Den größten Teil der Strecke nach San Diego flogen wir durch Wolken. Von Zeit zu Zeit hörte man im Flugzeug einen Glockenton. Ich wußte nicht, was das bedeutete.

Bing-bong!

Die Stewardessen hielten Ausschau nach Tickets und nach Leuten, bei denen sie sich beliebt machen konnten. Das Lächeln verschwand keinen Augenblick aus ihrem Gesicht. Sie lächelten sogar dann, wenn sie gar nicht lächelten.

Bing-bong!

Ich dachte an Foster und die Bibliothek, dann wechselte ich sehr rasch das Thema in meinem Kopf. Ich wollte nicht an Foster und die Bibliothek denken: *Grimasse*.

Bing-bong!

Dann flogen wir in dichten Nebel, und das Flugzeug machte komische Geräusche. Die Geräusche waren ziemlich intensiv. Ich dachte schon, wir wären in San Diego gelandet und rollten jetzt die Landebahn entlang, als eine Stewardeß uns mitteilte, daß wir *bald* landen würden, wir waren also noch in der Luft.

Hmmmmmmmm…

Bing-bong!

Heißes Wasser

Wir hatten von San Francisco an eine erstaunliche Geschwindigkeit. Mühelos hatten wir Hunderte von Meilen zurückgelegt, als wären wir von überschwenglichen Gedichten gelenkt und geleitet worden.

Plötzlich waren wir aus dem Nebel heraus im Freien und merkten, daß wir über den Ozean geflogen waren. Ich sah, wie sich unten weiße Wellen an der Küste brachen, und da war auch schon San Diego. Ich sah etwas, das aussah wie ein Metallhaufen, und in meinen Ohren böllerte es, und wir gingen nach unten.

Das Flugzeug hielt, und drüben hinter dem Flugplatz lagen eine Menge Kriegsschiffe vor Anker, und über dem Wasser und um die Schiffe hing ein grauer Dunstschleier, der genau ihre Farbe hatte.

«Du brauchst jetzt nicht mehr grün zu sein», sagte Vida.

«Danke», sagte ich. «Ich spiel dieses Kletterspiel erst seit heute. Vielleicht bin ich einfach nicht dazu berufen.»

Als wir aus dem Flugzeug stiegen, stiftete Vida wieder die übliche Verwirrung unter den männlichen Passagieren, und die weiblichen Passagiere reagierten mit Gereiztheit.

In den Augen zweier Matrosen flippte es wie in einer Batterie Spielautomaten, und wir gingen weiter ins Abfertigungsgebäude. Es war klein und altmodisch.

Und ich mußte aufs Klo.

Der Unterschied zwischen dem Internationalen Flughafen San Francisco und dem Internationalen Flughafen San Diego ist die Herrentoilette.

Wenn man sich im Internationalen Flughafen San Francisco die Hände wäscht, läuft das heiße Wasser von selber weiter, und im Internationalen Flughafen San Diego nicht. Wenn man heißes Wasser will, muß man die ganze Zeit auf den Hahn drücken.

Während ich Heißwasserbeobachtungen anstellte, war Vida das Objekt von fünf Annäherungsversuchen. Sie wischte sie weg wie Fliegen.

Ich hatte Lust auf einen Drink, was für mich sehr ungewöhnlich ist, aber die Bar war klein, dunkel und voller Matrosen. Der Barkeeper machte keinen guten Eindruck auf mich. Die Bar sah nicht so aus, als wär's 'ne gute Bar.

In der Halle gab es wieder Verwirrung und Zerfahrenheit unter den Männern. Ein Mann fiel sogar hin. Er lag auf dem Boden und starrte Vida an. Ich sah ihn in dem Augenblick, in dem ich mich entschlossen hatte, nicht in die Bar zu gehen und statt dessen im Café eine Tasse Kaffee zu trinken.

«Ich glaub, du hast seinen Gleichgewichtssinn gestört», sagte ich.

«Der arme Kerl», sagte Vida.

Rückwärts fliegen

Das Grundthema des Flughafencafés in San Diego war klein und zwanglos mit sehr vielen jungen Leuten und Kästen voller Wachsblumen.

Im Café waren auch eine ganze Menge Flugzeugleute: Stewardessen und Piloten und Leute, die über Flugzeuge und übers Fliegen redeten.

Vida tat ihre Wirkung, während ich bei einer weißgekleideten Bedienung zwei Tassen Kaffee bestellte. Sie war weder jung noch hübsch, und sie war auch noch nicht ganz wach.

Die Fenster des Cafés waren mit schweren grünen Vorhängen verhängt, die das Licht abhielten, und man konnte draußen nichts sehen, nicht mal eine Tragfläche.

«Wir sind also da», sagte ich.

«Soviel ist sicher», sagte Vida.

«Wie fühlst du dich denn?» fragte ich.

«Ich möchte, daß das alles schon vorbei wäre», sagte Vida.

«Ja.»

Neben uns saßen zwei Männer, die sich über Flugzeuge und über den Wind unterhielten, und immer wieder kam die Zahl achtzig vor. Sie redeten über Stundenkilometer.

«Achtzig», sagte einer von ihnen.

Mir entging dann, worüber sie redeten, weil ich an die Abtreibung in Tijuana dachte, und dann hörte ich einen von ihnen sagen: «Mit achtzig fliegst du die Maschine doch praktisch schon rückwärts.»

In der Stadt

Es war ein trüber Nullachtfünfzehn-Tag in San Diego. Wir nahmen ein Yellow-Cab-Taxi in die Stadt. Der Fahrer trank gerade Kaffee. Wir stiegen ein, und er warf einen langen, gründlichen Blick auf Vida, während er seinen Kaffee austrank.

«Wohin?» sagte er mehr zu Vida als zu mir.

«Zum Green Hotel», sagte ich. «Es ist –»

«Ich weiß schon, wo das ist», sagte er zu Vida.

Er fuhr uns auf einen Freeway.

«Meinen Sie, die Sonne kommt noch raus?» sagte ich, weil ich nicht wußte, was ich sonst sagen sollte. Ich hätte natürlich überhaupt nichts sagen müssen, aber er hing mit seinen Augen regelrecht im Rückspiegel und starrte Vida an.

«Sie wird so um zwölf rum rauskommen, aber ich mag's so, wie's jetzt ist», sagte er zu Vida.

Also schaute ich mir sein Gesicht im Spiegel genau an. Er sah aus, als wäre er mit einer Weinflasche totgeprügelt worden, allerdings unter ausschließlicher Verwendung des Inhalts.

«Da wären wir», sagte er zu Vida, als er schließlich vor dem Green Hotel anhielt.

Es machte einen Dollar und zehn Cent, also gab ich ihm zwanzig Cent Trinkgeld. Das machte ihn sehr unglücklich. Er starrte auf das Geld in seiner Hand, als wir vom Taxi weg und ins Green Hotel gingen.

Er sagte nicht mal Wiedersehen zu Vida.

Das Green Hotel war ein vierstöckiges Backsteinhotel. Drüben über der Straße war ein Parkplatz, und neben dem Hotel war eine Buchhandlung. Ich mußte mir einfach die Bücher im Schaufenster ansehen. Sie waren anders als die Bücher, die wir in der Bibliothek hatten.

Der Portier hob den Kopf, als wir das Hotel betraten. Im Fenster des Hotels stand eine große grüne Pflanze mit riesigen Blättern.

«Hallo! Guten Tag!» sagte er. Er war sehr freundlich, und er hatte eine Menge falsche Zähne im Mund.

«Hallo», sagte ich.

Vida lächelte.

Das tat ihm gut, denn er wurde gleich noch mal so freundlich, was kaum noch möglich war.

«Wir kommen von Foster», sagte ich.

«Oh, Foster!» sagte er. «Ja. Ja. Foster. Er hat angerufen und gesagt, daß Sie kommen würden, und da sind Sie auch schon. Mr. und Mrs. Smith. Foster. Wundervoller Mensch! Foster, ja.»

Er konnte sich jetzt wirklich vor lauter Lächeln nicht mehr fangen. Vielleicht war er der Vater einer Stewardeß.

«Ich hab ein reizendes Zimmer mit Bad und einer schönen Aussicht», sagte er. «Es ist wie zu Hause. Es wird Ihnen sehr gefallen», sagte er zu Vida. «Es ist nicht wie ein Hotelzimmer.»

Obwohl er selber ein Hotel führte, mißfiel ihm aus irgendeinem Grund die Vorstellung, daß Vida in einem Hotelzimmer wohnen sollte, und das war erst der Anfang.

«Ja, es ist ein schönes Zimmer», sagte er. «Sehr hübsch. Es wird Ihnen Ihren Aufenthalt in San Diego verschönern. Wie lange bleiben Sie denn? Foster hat am Telefon nicht viel gesagt. Er hat nur gesagt, daß Sie kommen würden, und da sind Sie auch schon!»

«Nur einen Tag oder so», sagte ich.

«Geschäftlich oder zum Vergnügen?» fragte er.

«Wir besuchen ihre Schwester», sagte ich.

«Oh, das ist aber schön. Ihre Wohnung ist wohl sehr klein?»

«Ich schnarche», sagte ich.

«Oh», sagte der Portier.

Ich unterschrieb im Fremdenbuch mit Mr. und Mrs. Smith aus San Francisco. Vida schaute mir zu, wie ich mit unserem neuen, von jetzt auf nanu entstandenen Familiennamen unterschrieb. Sie lächelte. Mein Gott, wie schön sie aussah!

«Ich zeige Ihnen Ihr Zimmer», sagte der Portier. «Es ist ein sehr schönes Zimmer. Sie werden sich sehr wohl fühlen. Und die Wände sind dick. Es ist wie zu Hause.»

«Das ist beruhigend», sagte ich. «Mein Leiden hat mich schon oft in Verlegenheit gebracht.»

«Schnarchen Sie so laut?» fragte er.

«Ja», sagte ich. «Wie ein Sägewerk.»

«Wenn Sie bitte noch eine Minute warten», sagte er. «Ich läute meinem Bruder, daß er runterkommt und solange hier aufpaßt, während ich Sie auf Ihr Zimmer bringe.»

Er drückte auf einen Knopf, und ohne daß man ein Klingeln gehört hätte, erschien einige Augenblicke später sein Bruder im Aufzug.

«Wir haben netten Besuch. Mr. und Mrs. Smith. Freunde von Foster», sagte der Portier. «Ich gebe ihnen Mutters Zimmer.»

Der Bruder Kompagnon schaute sich Vida gründlich an, während er hinter den Empfangstisch ging und das Ruder übernahm. Sein Bruder trat beiseite, und er nahm seinen Platz ein.

Sie waren beide in mittleren Jahren.

«Sehr gut», sagte der Bruder Kompagnon. «Mutters Zimmer wird Ihnen gefallen.»

«Ihre Mutter wohnt hier im Haus?» fragte ich. Ich war jetzt ein bißchen verwirrt.

«Nein, sie ist schon tot», sagte der Portier. «Aber es war ihr Zimmer, bevor sie starb. Das Hotel gehört der Familie schon seit über fünfzig Jahren. Mutters Zimmer ist noch genau so, wie es war, als sie starb. Gott hab sie selig. Wir haben nichts angerührt. Wir vermieten es nur an so nette Leute wie Sie.»

Wir fuhren mit einem vorsintflutlichen Dinosaurieraufzug in den dritten Stock zu Mutters Zimmer hinauf. Es war ein hübsches Zimmer, von allen Zimmern toter Mütter bestimmt eins der hübschesten.

«Schön, nicht wahr?» sagte der Portier.

«Sehr gemütlich», sagte ich.

«Reizend», sagte Vida.

«Mit diesem Zimmer wird Ihnen San Diego noch viel besser gefallen», sagte er.

Er zog das Rouleau hoch und zeigte uns einen herrlichen Ausblick auf den Parkplatz, der wirklich ziemlich aufregend war, wenn man noch nie einen Parkplatz gesehen hatte.

«Es wird uns bestimmt gefallen», sagte ich.

«Falls Sie irgendeinen Wunsch haben, sagen Sie mir Bescheid, und wir kümmern uns darum: ein telefonischer Weckruf, irgendwas, sagen Sie uns nur Bescheid. Wir sind ja da, um dafür zu sorgen, daß Sie in San Diego einen angenehmen Aufenthalt haben, auch wenn Sie wegen Ihres Schnarchens nicht bei Ihrer Schwester wohnen können.»

«Danke», sagte ich.

Er ging, und wir waren allein im Zimmer.

«Was sollte denn diese Schnarchgeschichte?» fragte Vida und setzte sich aufs Bett.

«Ich weiß auch nicht», sagte ich. «Es paßte halt irgendwie.»

«Du bist vielleicht 'ne Marke», sagte Vida. Dann machte sie sich noch ein wenig frisch, wusch die Flugspuren ab, und wir waren bereit zu unserem Besuch bei Dr. Garcia in Tijuana.

«Ja, ich glaub, wir gehn jetzt lieber», sagte ich.

«Ich bin schon fertig», sagte Vida.

Der Geist der toten Mutter beobachtete uns, als wir hinausgingen. Er saß auf dem Bett und strickte irgendein Geisterding.

Der Bus nach Tijuana

Ich kann San Diego nicht leiden. Wir gingen die paar Blocks bis zum Greyhound-Busbahnhof zu Fuß. Von den Lichtmasten hingen Blumenkörbe.

San Diego hatte an diesem Morgen fast kleinstädtische Atmosphäre, bis auf die müden Die-Nacht-ist-nicht-allein-zum-Schlafen-da-Matrosen und die Wir-fangen-grad-erst-an-Matrosen.

Der Greyhound-Busbahnhof war vollgestopft mit Leuten und Spielautomaten und Verkaufsautomaten, und man sah hier im Busbahnhof mehr Mexikaner als auf den Straßen. Es war fast, als wäre der Busbahnhof das Mexikanerviertel.

Vidas Körper, ihr vollkommenes Gesicht und ihr langes blitzendes Haar führten bei den Männern im Busbahnhof zu den üblichen Reaktionen, lösten etwas aus, das von Massenhysterie nicht mehr allzu weit entfernt war.

«Na ja», sagte ich.

Vida antwortete mit Schweigen.

Der Bus nach Tijuana ging alle fünfzehn Minuten und kostete 60 Cent. In der Schlange standen eine Menge Mexikaner mit Stroh- und Cowboyhüten auf dem Kopf, die sie in ausschweifender Lässigkeit bis nach Tijuana aufbehielten.

Eine Musikbox spielte ein paar abgedroschene Schlagermelodien aus der Zeit, bevor ich in die Bibliothek gegangen bin. Es war komisch, diese alten Lieder wieder zu hören.

Vor uns wartete ein junges Pärchen auf den Bus. Ihre Kleidung und ihr Verhalten waren sehr konservativ, und sie wirkten sehr nervös und durcheinander und schienen sich sehr zu bemühen, die Fassung nicht zu verlieren.

In der Schlange stand ein Mann mit einer Rennzeitung unterm Arm. Er war alt, und er hatte Schuppen auf den Aufschlägen und Schultern seines Mantels und auf seiner Rennzeitung.

Ich war noch nie zuvor in Tijuana gewesen, aber ich war schon in zwei anderen Grenzstädten: Nogales und Juarez. Ich freute mich nicht auf Tijuana.

Grenzstädte sind nicht gerade angenehme Orte. Hier kommt immer nur das Schlechteste beider Länder zum Vorschein, und alles Amerikanische sticht einem in Grenzstädten wie ein Neongeschwür ins Auge.

Mir fielen die etwas älteren Leute auf, die schon langsam alt werden und die man immer nur in überfüllten Busbahnhöfen sieht, aber nie in leeren. Sie kommen nur in größerer Anzahl vor und scheinen in überfüllten Busbahnhöfen zu leben. Sie machten alle den Eindruck, als würden ihnen die alten Platten, die die Musikbox spielte, gefallen.

Ein Mexikaner trug ein Riesendurcheinander von Krimskrams in einer Hunt's-Tomatenketchup-Schachtel und in einer Brothülle aus Plastik. Das schien sein ganzer Besitz zu sein, und er fuhr damit heim nach Tijuana.

Dias

Es war nur ein kurzes Stück nach Tijuana, und die Fahrt war nicht sehr angenehm. Ich schaute aus dem Fenster und sah, daß am Bus kein Flügel war, kein Kaffeefleck da draußen. Er fehlte mir.

San Diego wurde sehr arm, und dann waren wir schon auf einem Freeway. Die Gegend da hinunter ist praktisch Null und nicht wert, daß man sie beschreibt.

Vida und ich hielten uns an den Händen. Unsere Hände waren beisammen, waren in unseren Händen, während unser wirkliches Schicksal immer näher rückte. Vidas Bauch war flach und vollkommen, und so würde er auch bleiben.

Vida schaute zum Fenster hinaus auf das, was nicht wert ist, daß man es beschreibt, und noch weniger als das. Es war einfach in einer kalten, betonierten Autobahnsprache hingehauen. Sie sagte nichts.

Das junge konservative Pärchen saß wie eine Packung Tiefkühlbohnen in seinem Sitz vor uns. Es ging ihnen wirklich dreckig. Ich war mir ziemlich sicher, warum sie nach Tijuana fuhren.

Der Mann flüsterte der Frau etwas zu. Sie nickte, ohne etwas zu sagen. Ich dachte, sie würde gleich anfangen zu weinen. Sie biß sich auf die Unterlippe.

Ich schaute vom Bus zu den Autos hinunter und sah verschiedene Sachen auf den Rücksitzen. Ich bemühte mich, nicht die Leute anzusehen, sondern mir statt dessen die Sachen auf den Rücksitzen anzuschauen. Ich sah eine Papiertüte, drei Kleiderbügel, einige Blumen, einen Pullover, einen Mantel, eine Orange, eine Papiertüte, eine Schachtel, einen Hund.

«Wir sind auf einem Förderband», sagte Vida.

«So ist es ja auch leichter», sagte ich. «Es wird bestimmt gutgehen. Mach dir keinen Kummer.»

«Ich weiß, daß es gutgehen wird», sagte sie. «Aber ich wollte, wir wären schon da. Die Leute da vor uns sind schlimmer als der Gedanke an eine Abtreibung.»

Der Mann fing an, der Frau, die unbewegt nach vorn starrte, etwas zuzuflüstern, und Vida drehte sich weg und schaute aus dem Fenster auf das Nichts, das nach Tijuana führte.

Der Mann aus Guadalajara

Die Grenze war eine Masse aus ankommenden und abfahrenden Autos, und man kam durch dieses aufgeregte Durcheinander und durch einen Triumphbogen hindurch nach Mexiko. Auf einem Schild stand ungefähr so etwas wie: WILLKOMMEN IN TIJUANA, DER MEISTBESUCHTEN STADT DER WELT.

Ich kam damit nicht ganz klar.

Wir gingen einfach zu Fuß über die Grenze nach Mexiko. Die Amerikaner sagten nicht mal auf Wiedersehen, und wir waren plötzlich in einer anderen Spielart von Leben, wo alles etwas anders ablief.

Zuerst sahen wir mexikanische Grenzer, die diese automatischen Pistolen vom Kaliber .45 trugen, die die Mexikaner so lieben. Sie kontrollierten die Autos, die nach Mexiko fuhren.

Am Fußgängerübergang nach Mexiko standen noch andere Männer, die aussahen wie Detektive. Zu uns sagten sie kein Wort, aber sie hielten zwei Leute hinter uns an, einen jungen Mann und eine junge Frau, und fragten sie nach ihrer Staatsangehörigkeit, und die beiden sagten, sie wären Italiener.

«Wir sind Italiener.»

Vida und ich sahen wohl wie Amerikaner aus.

Der Triumphbogen war, außer daß er heroisch aussah,

schön und modern, und er lag in einer hübschen Anlage mit vielen hübschen Flußsteinen, aber wir waren mehr daran interessiert, ein Taxi zu bekommen, und gingen zu einer Stelle, wo viele Taxis standen.

Mir fiel dieser berühmte, süße, beißende Staub auf, der ganz Nordmexiko überzieht. Er war, wie wenn man einen seltsamen alten Freund wiedertrifft.

«Taxi!»

«Taxi!»

«Taxi!»

Die Fahrer schrien und riefen und winkten eine neue Ladung Gringos zu sich heran.

«Taxi!»

«Taxi!»

«Taxi!»

Die Taxis waren typisch mexikanisch, und die Fahrer verhökerten sie, als wären sie auf dem Fleischmarkt. Ich mag das nicht, wenn Leute versuchen, mich mit harten Verkaufstricks zu bearbeiten. Ich bin nicht dafür geschaffen.

Das konservative Pärchen kam an. Sie sahen sehr verschüchtert aus, und sie stiegen in ein Taxi und verschwanden in Richtung Tijuana, das flach vor uns lag und sich dann zu ein paar diesigen, gelben, ärmlich wirkenden Hügeln erhob, auf denen viele Häuser standen.

Die Luft wurde langsam elektrisch von dem Geschiebe und Gedränge nach dem Yankeedollar und seiner biblischen Botschaft. Die Taxifahrer schienen kein Ende mehr zu nehmen, wie Fliegen, und sie versuchten, einen in ihr Stück Fleisch und zu den Freuden Tijuanas zu bringen.

«Hey, schö-nes Mädchen und BE-atle! Ein-stei-gen!» rief uns ein Fahrer zu.

«Beatle?» sagte ich zu Vida. «Sind meine Haare so lang?»

«Sie sind schon ein bißchen lang», sagte Vida und lächelte.

«Hey, BE-atle, und hey, Hübsche!» rief ein anderer Fahrer.

Es herrschte ein dauerndes Gesumme von TAXI! TAXI! TAXI! Plötzlich lief für uns alles rascher in Mexiko. Wir waren jetzt in einem andern Land, einem Land, das bloß noch unser Geld sehen wollte.

«TAXI!» – «TAXI!»

(Papagallopfiffe.)

«BE-atle!»

«TAXI!»

«HEY! HALLO!»

«TAXI!»

«TIJUANA!»

«SIE SIEHT GUT AUS!»

(Papagallopfiffe.)

«TAXI!» «TAXI!»

«SENORITA! SENORITA! SENORITA!»

«HEY, BEATLE! TAXI!»

Und dann kam ein Mexikaner ruhig auf uns zu. Er schien ein bißchen verlegen. Er trug einen Straßenanzug und war ungefähr vierzig Jahre alt.

«Ich habe ein Auto», sagte er. «Möchten Sie mitfahren in die Stadt? Es steht gleich da drüben.»

Es war ein zehn Jahre alter Buick, staubig, aber in gutem Zustand, und das Auto schien zu wollen, daß wir einstiegen.

«Danke», sagte ich. «Das wäre sehr nett.»

Der Mann schien in Ordnung zu sein, schien einfach bloß hilfsbereit sein zu wollen. Er sah nicht so aus, als wollte er irgendwas verkaufen.

«Er steht gleich hier drüben», wiederholte er, um zu zeigen, daß er stolz darauf war, so ein Auto zu besitzen.

«Danke», sagte ich.

Wir gingen zu seinem Auto hinüber. Er machte die Tür für uns auf, ging dann um den Wagen herum und stieg selber ein.

«Es ist laut hier», sagte er, als wir losfuhren, um die ein oder zwei Kilometer nach Tijuana hinter uns zu bringen. «Zu viel Krach.»

«Ja, es ist ein bißchen laut», sagte ich.

Als wir von der Grenze weg waren, entspannte er sich etwas, wandte sich uns zu und sagte: «Sind Sie nur für den Nachmittag rübergekommen?»

«Ja, nur auf einen kleinen Abstecher. Wir sind zu Besuch bei ihrer Schwester in San Diego, und wir haben gedacht, wir sehen uns mal Tijuana an», sagte ich.

«Das ist schon etwas zum Ansehen», sagte er. Er sah nicht allzu glücklich aus, als er das sagte.

«Wohnen Sie hier?» fragte ich.

«Ich bin in Guadalajara geboren», sagte er. «Das ist eine sehr schöne Stadt. Da bin ich zu Hause. Waren Sie schon mal da? Es ist wunderschön.»

«Ja», sagte ich. «Ich war vor fünf oder sechs Jahren mal da. Es ist eine schöne Stadt.»

Ich schaute aus dem Fenster und sah einen kleinen Rummelplatz, der verlassen neben der Straße lag. Der Rummelplatz war flach und bewegungslos wie eine Schlammpfütze.

«Waren Sie schon mal in Mexiko, Señora?» fragte er, väterlich.

«Nein», sagte Vida. «Ich bin zum ersten Mal hier.»

«Beurteilen Sie Mexiko nicht nach dem hier», sagte er. «Mexiko ist anders als Tijuana. Ich arbeite jetzt schon seit einem Jahr hier, und in ein paar Monaten gehe ich wieder heim nach Guadalajara, und diesmal bleibe ich dann auch da. Es war dumm von mir, wegzugehen.»

«Was machen Sie denn?» fragte ich.

«Ich arbeite für die Regierung», sagte er. «Ich führe eine Erhebung unter den Mexikanern durch, die über die Grenze in Ihr Land gehen oder von dort zurückkommen.»

«Kommen Sie dabei zu irgendwelchen interessanten Ergebnissen?» fragte Vida.

«Nein», sagte er. «Es bleibt sich alles gleich. Es ist immer dasselbe.»

Ein Anruf von Woolworth

Der Regierungsmann, dessen Namen wir nicht mitbekommen hatten, verließ uns auf der Main Street Tijuanas und wies uns auf das Gebäude des Amtlichen Mexikanischen Reisebüros hin, in dem man uns sagen könnte, wie wir unseren Abstecher in Tijuana gestalten sollten.

Das Gebäude des Amtlichen Mexikanischen Reisebüros war

klein und gläsern und sehr modern, und eine Statue stand davor. Es war eine graue Steinstatue, und sie machte nicht gerade einen friedlichen Eindruck. Sie war höher als das Gebäude. Die Statue stellte einen vorkolumbianischen Gott oder sonst einen Typ dar, der etwas tat, das ihn nicht glücklich machte.

Obwohl das Gebäude ganz beachtlich war, gab es nichts, was die Leute da drin für uns tun konnten. Wir benötigten die Dienste des mexikanischen Volks in einer anderen Sache.

Alle wollten Dollars aus uns rausholen, versuchten uns Sachen zu verkaufen, die wir nicht wollten: Kinder mit Kaugummi, Leute, denen wir irgendwelches Touristenzeug abkaufen sollten, Taxifahrer, die riefen, sie wollten uns zur Grenze zurückbringen, obwohl wir doch gerade erst angekommen waren, oder woanders hin, wo wir uns amüsieren könnten.

«TAXI!»

«SCHÖNES MÄDCHEN!»

«TAXI!»

«BEATLE!»

(Papagallopfiffe.)

Die Taxifahrer Tijuanas bedachten uns unvermindert mit ihrer Zuneigung. Ich hatte keine Ahnung, daß meine Haare so lang waren, und natürlich hatte Vida ihre Geschichte wieder laufen.

Wir wollten telefonieren und gingen rüber zu dem großen modernen Woolworth auf der Main Street Tijuanas. Es war ein pastellfarbenes Gebäude mit einem großen roten Woolworthzeichen und einer Backsteinfassade und großen Auslagen, die voller Osterzeug waren: jede Menge Hasen und gelbe Küken, die glücklich aus riesigen Eiern hervorbrachen.

Bei Woolworth war es so antiseptisch und sauber und ordentlich, verglichen mit dem, was draußen war und was doch bloß ein paar Meter weit weg war, wenn man an den Osterhasen vorbei durchs Schaufenster hinausschaute.

Man konnte attraktive Mädchen sehen, die als Verkäuferinnen arbeiteten; sie waren dunkel und jung, und sie machten eine ganze Menge nette Sachen mit ihren Augen. Sie sahen alle so aus, als würden sie eher in einer Bank arbeiten und nicht bei Woolworth.

Ich fragte eins der Mädchen nach dem Telefon, und sie erklärte mir, wie ich es finden konnte.

«Es ist da drüben», sagte sie in gutaussehendem Englisch.

Wir gingen zum Telefon, und Vida richtete unterwegs unter den Männern ein erotisches Chaos an. Es war, als hätte sie sie mit Raketenmarmelade beschossen. Die Mexikanerinnen konnten es, obwohl sie hübsch waren, mit Vida nicht aufnehmen. Sie putzte sie einfach weg, ohne auch nur einen Gedanken daran zu verschwenden.

Das Telefon war neben einem Informationsstand, gleich bei der Toilette, nicht weit von einem Stand mit Ledergürteln und einem Stand mit Nähgarn und der Damenblusen-Abteilung.

Daß man sich an so einen Haufen Ramsch erinnert – aber ich erinnere mich eben an so was, und ich freu mich schon auf die Zeit, wenn ich's wieder vergesse.

Das Telefon war auf amerikanisches Geld eingestellt: man brauchte ein Fünfcentstück wie in den guten alten Zeiten meiner Kindheit.

Eine Männerstimme meldete sich.

Sie klang nach Arzt.

«Hallo, Dr. Garcia?» sagte ich.

«Ja.»

«Ein Mann namens Foster hat Sie gestern wegen unseres Problems angerufen. Ja, und wir wären jetzt da.»

«Gut. Wo sind Sie denn?»

«Wir sind bei Woolworth», sagte ich.

«Bitte entschuldigen Sie mein Englisch. Es ist nicht so gut. Ich hole das Mädchen. Ihr Englisch ist... besser. Sie wird Ihnen sagen, wie Sie herkommen. Ich erwarte Sie dann. Es ist alles in Ordnung.»

Ein Mädchen kam jetzt ans Telefon. Sie klang sehr jung und sagte: «Sie sind bei Woolworth.»

«Ja», sagte ich.

«Dann haben Sie nicht sehr weit», sagte sie.

Mir kam das schrecklich komisch vor.

«Wenn Sie von Woolworth rauskommen, gehen Sie nach rechts und drei Häuserblocks entlang, und dann gehen Sie nach links auf die Fourth Street, gehen vier Blocks entlang und biegen dann wieder nach links von der Fourth Street ab», sagte sie. «Wir sind in einem grünen Gebäude in der Mitte des Häuserblocks. Sie können es nicht verfehlen. Haben Sie alles verstanden?»

«Ja», sagte ich. «Wenn wir von Woolworth rauskommen, gehen wir nach rechts und drei Häuserblocks entlang bis zur Fourth Street, dann biegen wir nach links in die Fourth Street ein und gehen vier Blocks entlang und biegen dann wieder nach links von der Fourth Street ab, und in der Mitte des Häuerblocks ist ein grünes Gebäude, und da drin sind Sie.»

Vida hörte zu.

«Ihre Frau hat doch nichts gegessen?»

«Nein», sagte ich.

«Gut, wir erwarten Sie dann. Wenn Sie sich verlaufen sollten, rufen Sie noch mal an.»

Wir verließen Woolworth und folgten den Anweisungen des Mädchens; wir wurden dauernd von Verkäufern mit ihrem Andenkenramsch angegangen, von den Taxifahrern und den Kaugummikindern Tijuanas und waren ständig umzingelt von Papagallopfiffen, Autos, Autos, Autos und Rufen voll animalischer Betroffenheit und HEY, BEATLE!

Die Fourth Street hatte schon seit ewigen Zeiten darauf gewartet, daß wir kämen, so wie wir ja auch immer schon dazu ausersehen waren, Vida und ich, und jetzt waren wir da. Wir waren am Morgen in San Francisco aufgebrochen, und wir waren schon viele Jahre zuvor aufgebrochen, um hierher zu kommen.

Die Straßen waren voll von Autos und Leuten und einem bizarren Erregungszustand. Vor den Häusern war kein Rasen, nur dieser berühmte Staub. Die Häuser waren unsere Wegzeichen zu Dr. Garcia. Vor dem grünen Gebäude parkte ein nagelneues amerikanisches Auto. Es hatte ein kalifornisches Nummernschild. Ich mußte nicht allzu lange nachdenken, bis mir eine Erklärung einfiel. Ich schaute auf den Rücksitz. Da lag ein grüner Mädchenpullover. Er sah hilflos aus.

Ein paar Kinder spielten vor dem Haus des Doktors. Die Kinder waren arm, und sie hatten traurige Kleider an. Sie hörten auf zu spielen und schauten zu, wie wir ins Haus gingen.

Wir waren sicher kein ungewohnter Anblick für sie. Sie hatten wahrscheinlich schon viele Gringos in dieser Gegend gesehen, die in dieses grüne Mexikanerhaus gingen, Gringos, die nicht sehr glücklich aussahen. Wir enttäuschten sie nicht.

BUCH V

Meine drei Abtreibungen

Möbelstudien

Man mußte an einer kleinen Glocke an der Tür klingeln. Sie war nicht wie die Silberglocke an meiner Bibliothek, die jetzt so weit weg war. Die Glocke hier läutete, wenn man mit dem Finger draufdrückte. Und das machte ich auch.

Wir mußten einen Augenblick warten, bis jemand kam. Die Kinder spielten nicht weiter, sondern schauten uns zu. Sie waren klein, schlecht gekleidet und dreckig. Sie hatten diese seltsamen, unterernährten Körper und Gesichter, die es einem in Mexiko schwermachen, etwas über das Alter der Kinder zu sagen. Ein Kind, das aussieht wie fünf, ist am Ende acht. Ein Kind, das aussieht wie sieben, ist in Wirklichkeit zehn. Es ist schrecklich.

Ein paar mexikanische Mütter kamen vorbei. Sie schauten uns auch an. Ihre Augen waren ausdruckslos, zeigten aber auf diese Weise, daß sie wußten, wir waren *abortionistas*.

Dann öffnete sich die Tür zur Praxis des Doktors mit fast automatischer Leichtigkeit, so als hätte sie schon immer vorgehabt, sich zu diesem Zeitpunkt zu öffnen, und es war Dr. Garcia selbst, der uns aufmachte. Ich wußte nicht, wie er aussah, aber ich wußte, daß er es war.

«Bitte», sagte er und bat uns mit einer einladenden Geste herein.

«Danke», sagte ich. «Ich habe grade mit Ihnen telefoniert. Ich bin Fosters Freund.»

«Ich weiß», sagte er leise. «Folgen Sie mir bitte.»

Der Doktor war klein, in mittleren Jahren und ganz und gar wie ein Arzt angezogen. Seine Praxis war groß und kühl und hatte viele Zimmer, die wie ein Labyrinth weit nach hinten und in Räumlichkeiten führten, über die wir nichts wußten.

Er brachte uns in ein kleines Wartezimmer. Es war sauber und mit einem modernen Linoleumfußboden und modernen Arztmöbeln ausgestattet: einer unbequemen Couch und drei Stühlen, auf denen man nie richtig sitzen können würde.

Es waren dieselben Möbel wie die Möbel, die man in den Praxen amerikanischer Ärzte sieht. In der Ecke stand eine hohe Pflanze mit großen, flachen, kalten, grünen Blättern. Die Blätter machten überhaupt nichts.

Es waren schon ein paar andere Leute da: ein Vater, eine Mutter und eine junge Tochter. Sie gehörten offensichtlich zu dem nagelneuen Auto, das vor dem Haus parkte.

«Bitte», sagte der Doktor und zeigte auf die beiden freien Stühle im Zimmer. »Bald», sagte er mit einem freundlichen Lächeln. «Warten Sie bitte. Bald.»

Er ging über den Korridor und in ein anderes Zimmer, das wir nicht sehen konnten, und ließ uns mit den drei Leuten allein. Sie sagten nichts, und im ganzen Haus war es seltsam still.

Jeder musterte die anderen alle auf eine nervöse Art, die sich einstellt, wenn Zeit und Umstände uns zwingen, in Mexiko verbotene Eingriffe vornehmen zu lassen.

Der Vater sah aus wie ein Kleinstadtbankier aus dem San Joaquin Valley, und die Mutter sah aus wie eine Frau, die an sehr vielen geselligen und gemeinnützigen Aktivitäten teilnahm. Die Tochter war hübsch und wirkte intelligent, und sie wußte nicht, was sie mit ihrem Gesicht anstellen sollte, während sie auf ihre Abtreibung wartete, und deshalb lächelte sie in einem fort mit einer Art schmallippigen Schnellfeuerlächelns ins Leere.

Der Vater machte einen sehr unnachgiebigen Eindruck, als wollte er einen Kredit verweigern, und die Mutter wirkte leicht pikiert, so, als hätte jemand auf einem Tee für die Freunde De-Molays eine kleine Pikanterie von sich gegeben. Die Tochter hatte einen schmalen, schon aufblühenden Frauenkörper, aber sie sah aus, als wäre sie noch zu jung für eine Abtreibung. Sie sah aus, als sollte sie eigentlich etwas anderes machen.

Ich schaute zu Vida. Sie sah auch aus, als wäre sie noch zu jung für eine Abtreibung. Was machten wir hier eigentlich alle? Ihr Gesicht wurde immer blasser.

Ach ja, die Unschuld der Liebe war bloß ein körperlicher Zustand, der sich steigerte, und nicht etwas, das die Form unserer Küsse hatte.

Ungefähr eine Ewigkeit oder zehn Minuten vergingen, und dann kam der Doktor zurück und bedeutete Vida und mir, daß wir mit ihm kommen sollten, obwohl die anderen Leute schon gewartet hatten, als wir ankamen. Vielleicht hatte das etwas mit Foster zu tun.

«Bitte», sagte Dr. Garcia leise.

Wir folgten ihm über den Flur und in ein kleines Sprechzimmer. Ein Schreibtisch und eine Schreibmaschine standen darin. Das Büro war dunkel und kühl, die Rouleaus waren heruntergelassen, und am Schreibtisch stand ein lederbezogener Stuhl, und an den Wänden und auf dem Schreibtisch waren Fotos vom Doktor und seiner Familie.

Auf verschiedenen Urkunden konnte man lesen, welche medizinischen Qualifikationen der Doktor erworben und was er für eine Ausbildung durchlaufen hatte.

Eine Tür führte direkt in einen Operationsraum, in dem gerade ein junges Mädchen aufräumte, und ein Junge, etwa im selben Alter, half ihr dabei.

Ein großer blauer Flammenblitz hüpfte über eine Schale voll chirurgischer Instrumente. Der Junge sterilisierte die Instrumente mit Feuer. Das irritierte Vida und mich. In dem Operationsraum war ein Tisch mit Metalldingern, auf die man die Beine legen mußte, und Lederriemen zum Festschnallen.

«Es tut nicht weh», sagte der Doktor zu Vida und dann zu mir. «Es tut nicht weh, und es ist sauber, ganz sauber, es tut nicht weh. Haben Sie keine Angst. Es tut nicht weh, und es ist sauber. Es bleibt nichts zurück. Ich bin Arzt», sagte er.

Ich wußte nicht, was ich sagen sollte. Ich war so nervös, daß es schon fast wie eine Schocklähmung war. Alle Farbe war aus Vidas Gesicht gewichen, und ihre Augen sahen aus, als könnten sie nichts mehr sehen.

«250 Dollar», sagte der Doktor. «Bitte.»

«Foster sagte, es wären 200 Dollar. Das ist alles, was wir haben», hörte ich meine Stimme sagen. «200. Das haben Sie doch Foster gesagt.»

«200. Das ist alles, was Sie haben?» fragte der Doktor.

Vida stand da und hörte zu, wie wir über den Preis ihres Bauchs verhandelten. Vidas Gesicht war wie eine fahle Sommerwolke.

«Ja», sagte ich. «Das ist alles, was wir haben.»

Ich nahm das Geld aus der Tasche und gab es dem Doktor. Ich hielt ihm das Geld hin, und er nahm es mir aus der Hand. Er steckte es, ohne es zu zählen, in seine Tasche, und dann wurde er wieder ganz Arzt, und das blieb er auch die ganze Zeit über, die wir da waren.

Er hatte nur einen Augenblick lang aufgehört, Arzt zu sein. Es war ein bißchen komisch. Ich weiß auch nicht, was ich erwartet hatte. Es war sehr gut, daß er dann die ganze Zeit über Arzt blieb.

Foster hatte natürlich recht gehabt.

Er wurde wieder ganz Arzt, indem er sich Vida zuwandte und lächelte und sagte: «Ich tu Ihnen nicht weh, und es ist sauber. Es bleibt nichts zurück, und es tut nicht weh, Kindchen. Glauben Sie mir. Ich bin Arzt.»

Vida lächelte. Es war ein halbes Lächeln: $\frac{1}{2}$.

«Wie lange ist sie es schon?» sagte der Doktor zu mir und wollte auf ihren Bauch deuten, vollendete seine Geste aber nicht, so daß seine Hand eine Gebärde war, die nichts machte.

«Ungefähr fünf oder sechs Wochen», sagte ich.

Vida lächelte: jetzt $\frac{1}{4}$.

Der Doktor hielt inne und schaute auf einen Kalender in seinem Kopf, und dann nickte er dem Kalender freundlich zu. Der Kalender war ihm wahrscheinlich sehr vertraut. Sie waren alte Freunde.

«Kein Frühstück?» fragte er und wollte wieder auf Vidas Bauch deuten, aber er brachte es wieder nicht fertig.

«Kein Frühstück», sagte ich.

«Braves Mädchen», sagte der Doktor.

Vida lächelte: jetzt $\frac{1}{37}$.

Als der Junge mit dem Sterilisieren der chirurgischen Instrumente fertig war, trug er einen kleinen Eimer hinaus. Er mußte durch ein anderes großes Zimmer, das sich hinten an den Operationsraum anschloß.

Das andere Zimmer sah so aus, als wären Betten darin. Ich

streckte meinen Kopf vor und konnte ein Bett sehen, und in dem Bett lag ein Mädchen und schlief, und neben dem Bett saß ein Mann auf einem Stuhl. Es sah sehr friedlich aus in dem Zimmer.

Kurz nachdem der Junge den Operationsraum verlassen hatte, hörte ich eine Klospülung gehen und Wasser aus einer Leitung laufen und dann das Geräusch von Wasser, das ins Klo geschüttet wird, und dann wurde die Spülung noch mal gezogen, und der Junge kam mit dem Eimer wieder zurück.

Der Eimer war leer.

Der Junge hatte eine goldene Armbanduhr am Handgelenk.

«Es ist alles in Ordnung», sagte der Doktor.

Das junge Mädchen, das dunkel war und gut aussah und auch eine hübsche Uhr hatte, kam ins Sprechzimmer und lächelte Vida an. Es war eine Art von Lächeln, die bedeutet: Es ist soweit; bitte kommen Sie mit mir.

«Es tut nicht weh, es tut nicht weh, es tut nicht weh», wiederholte der Doktor wie einen nervösen Kinderreim.

Es tut nicht weh, dachte ich, wie seltsam.

«Wollen Sie dabeisein?» fragte mich der Doktor und zeigte auf die Untersuchungsliege im Operationsraum, auf die ich mich setzen konnte, wenn ich bei der Abtreibung dabeisein wollte.

Ich schaute Vida an. Sie wollte nicht, daß ich zuschaute, und ich wollte auch nicht zuschauen.

«Nein», sagte ich. «Ich bleibe hier drin.»

«Kommen Sie bitte, Kindchen», sagte der Doktor.

Das Mädchen tippte Vida an den Arm, und Vida ging mit ihr in den Operationsraum, und der Doktor machte die Tür zu, aber sie ging nicht ganz zu. Sie stand immer noch ein oder zwei Zentimeter offen.

«Das tut nicht weh», sagte das Mädchen zu Vida. Sie gab Vida jetzt eine Spritze.

Dann sagte der Doktor etwas auf spanisch zu dem Jungen, der O.k. sagte und sich an etwas zu schaffen machte.

«Legen Sie Ihre Kleider ab», sagte das Mädchen. «Und ziehen Sie das hier an.»

Dann sagte der Doktor etwas auf spanisch, und der Junge

antwortete ihm auf spanisch, und das Mädchen sagte: «Bitte. Heben Sie jetzt die Beine hoch. Ja, so. Gut. Danke.»

«So ist es gut, Kindchen», sagte der Doktor. «Das hat nicht weh getan, oder? Es kommt alles in Ordnung. Sie sind ein braves Mädchen.»

Dann sagte er dem Jungen etwas auf spanisch, und das Mädchen sagte auf spanisch etwas zum Doktor, der dann etwas zu allen beiden sagte.

Für einen Augenblick oder so war im Operationsraum alles sehr still. Ich spürte die dunkle Kühle im Sprechzimmer des Doktors auf meinem Körper wie die Hand eines Arztes von einer ganz anderen Art.

«Kindchen?» sagte der Doktor. «Kindchen?»

Es kam keine Antwort.

Dann sagte der Doktor auf spanisch etwas zu dem Jungen, und der Junge antwortete ihm mit etwas Metallischem, Chirurgischem. Der Doktor benutzt das Ding, das metallisch und chirurgisch war, und gab es dem Jungen zurück, der ihm etwas anderes gab, das auch metallisch und chirurgisch war.

Eine Zeitlang war da drinnen alles entweder still oder metallisch und chirurgisch.

Dann sagte das Mädchen auf spanisch etwas zu dem Jungen, der ihr auf englisch antwortete: «Ich weiß schon», sagte er.

Der Doktor sagte etwas auf spanisch.

Das Mädchen antwortete ihm auf spanisch.

Es vergingen ein paar Augenblicke, in denen man keine chirurgischen Geräusche mehr in dem Zimmer hörte. Man hörte jetzt ein Aufräum-Geräusch, und der Doktor und das Mädchen und der Junge unterhielten sich auf spanisch, während sie fertigmachten.

Ihr Spanisch war nicht mehr chirurgisch. Es war einfach legeres Aufräum-Spanisch.

«Wie spät ist es denn?» fragte das Mädchen. Sie wollte nicht auf ihre Uhr sehen.

«Ungefähr eins», sagte der Junge.

Der Doktor sprach jetzt auch englisch. «Wieviel sind es noch?» fragte er.

«Zwei», sagte das Mädchen.

«¿Dos?» fragte der Doktor auf spanisch.

«Eine kommt erst noch», sagte das Mädchen.

Der Doktor sagte etwas auf spanisch.

Das Mädchen antwortete ihm auf spanisch.

«Drei wären mir lieber», sagte der Junge auf englisch.

«Du sollst nicht dauernd an Mädchen denken», sagte der Doktor frotzelnd.

Dann verwickelten sich der Doktor und das Mädchen auf spanisch in einen kurzen, sehr rasanten Dialog.

Darauf folgte ein geräuschvolles Schweigen und dann das Geräusch, wie der Doktor etwas Schweres und Bewußtloses aus dem Operationsraum trug. Er legte das Ding im anderen Zimmer nieder und kam einen Augenblick später zurück.

Das Mädchen ging zu der Tür des Zimmers, in dem ich war, und machte sie endgültig ganz auf. Mein dunkles kühles Sprechzimmer war plötzlich von hellem Operationslicht überflutet. Der Junge war am Aufräumen.

«Hallo», sagte das Mädchen und lächelte. «Bitte kommen Sie mit.»

Sie führte mich so unbekümmert durch den Operationsraum, als wäre er ein Garten voll Rosen. Der Doktor sterilisierte seine chirurgischen Instrumente mit der blauen Flamme.

Er sah von seinen glühenden Instrumenten auf und sagte zu mir: «Es ist alles prima gelaufen. Wie versprochen. Keine Schmerzen und ganz sauber. Wie üblich.» Er lächelte. «Tadellos.»

Das Mädchen brachte mich in das andere Zimmer, in dem Vida bewußtlos auf dem Bett lag. Sie war warm zugedeckt. Sie sah aus, als wäre sie in einem anderen Jahrhundert und träumte.

«Es war eine hervorragende Operation», sagte das Mädchen. «Es gab keine Komplikationen, und es ging so reibungslos wie nur möglich. Sie wird in einem Weilchen aufwachen. Sie ist sehr schön, was?»

«Ja.»

Das Mädchen holte mir einen Stuhl und stellte ihn neben Vida hin. Ich setzte mich auf den Stuhl und schaute Vida an.

Sie war so allein da in dem Bett. Ich streckte die Hand aus und berührte ihre Wange. Sie fühlte sich an, als wäre sie gerade bewußtlos aus einem Operationsraum gekommen.

Im Zimmer stand ein kleiner Gasofen, der still und in seinem eigenen Tempo vor sich hinbrannte. Zwei Betten standen da, und das andere Bett, in dem kurze Zeit zuvor noch das Mädchen gelegen war, war jetzt leer, und neben dem Bett stand ein leerer Stuhl, so wie unser Bett bald leer sein würde und der Stuhl, auf dem ich jetzt saß: sie würden bald leer sein.

Die Tür zum Operationsraum stand offen, aber ich konnte den Operationstisch von meinem Platz aus nicht sehen.

Meine zweite Abtreibung

Die Tür zum Operationstisch stand offen, aber ich konnte den Operationstisch von meinem Platz aus nicht sehen. Einen Augenblick später brachten sie das junge Mädchen aus dem Wartezimmer herein.

«Es wird alles gutgehen, Kindchen», sagte der Doktor. «Das tut jetzt nicht weh.» Er gab ihr die Spritze selber.

«Legen Sie bitte die Kleider ab», sagte das Mädchen.

Für ein paar Sekunden war ein bestürztes Schweigen im Raum, das in dem umständlichen, verlegenen Geräusch versikkerte, das entstand, als das Mädchen seine Kleider auszog.

Als sie ihre Kleider ausgezogen hatte, sagte die Sprechstundenhilfe, die bestimmt nicht älter war als das Mädchen: «Ziehen Sie das hier an.»

Das Mädchen zog es an.

Ich schaute auf Vidas schlafenden Körper hinunter. Sie hatte auch eines an.

Vidas Kleider hingen zusammengelegt über einem Stuhl, und ihre Schuhe standen daneben auf dem Fußboden. Sie sahen alle sehr traurig aus, weil Vida nichts mehr mit ihnen tun konnte. Sie lag bewußtlos vor ihnen.

«Heb jetzt die Beine hoch, Kindchen», sagte der Doktor. «Ein bißchen höher, bitte. So ist es prima.»

Dann sagte er etwas auf spanisch zu dem mexikanischen Mädchen, und es antwortete ihm auf spanisch.

«Ich hab seit sechs Monaten Spanisch auf der Highschool. Grundkurs A», sagte das junge Mädchen, als ihre gespreizten Beine schon an die metallenen Steigbügel dieses kinderverhütenden Pferdes angeschnallt waren.

Der Doktor sagte etwas auf spanisch zu dem mexikanischen Mädchen, und sie sagte etwas zu ihm auf spanisch.

«Oh», sagte er, ein wenig geistesabwesend, zu niemand im besonderen. Er hatte an diesem Tag wahrscheinlich schon eine Menge Abtreibungen abgewickelt, und dann sagte er zu dem jungen Mädchen: «Prima. Lern nur noch was dazu.»

Der Junge sagte sehr schnell etwas auf spanisch. Das mexikanische Mädchen sagte sehr schnell etwas auf spanisch.

Der Doktor sagte sehr schnell etwas auf spanisch, und dann sagte er zu dem jungen Mädchen: «Wie fühlst du dich denn, Kindchen?»

«Ich fühl mich überhaupt nicht», sagte sie lächelnd. «Ich fühl nichts, und ich spür nichts. Soll ich denn jetzt etwas spüren?»

Der Doktor sagte sehr schnell auf spanisch etwas zu dem Jungen.

«Ich möchte, daß du dich entspannst», sagte der Doktor zu dem jungen Mädchen. «Nimms nicht so schwer.»

Alle drei hängten sich jetzt auf spanisch mächtig rein. Irgend etwas schien nicht ganz zu klappen, und dann sagte der Doktor sehr schnell auf spanisch etwas zu dem mexikanischen Mädchen. Er schloß mit dem Satz: «¿Como se dice treinta?»

«Dreißig», sagte das mexikanische Mädchen.

«Kindchen», sagte der Doktor. Er beugte sich über das junge Mädchen. «Kannst du bitte für uns bis – bis dreißig zählen, Kindchen?»

«Mach ich», sagte sie und lächelte, aber zum ersten Mal klang ihre Stimme ein bißchen müde.

Es begann schon zu wirken.

«1, 2, 3, 4, 5, 6...» Hier kam eine kleine Pause. «7, 8, 9...» Hier kam noch eine Pause, aber sie war ein bißchen länger als die erste Pause.

«Zähl bis – bis dreißig, Kindchen», sagte der Doktor.

«10, 11, 12.»

Hier hörte es ganz auf.

«Zähl bis dreißig, Kindchen», sagte der Junge. Seine Stimme klang weich und sanft, fast wie die des Doktors. Ihre Stimmen waren die zwei Seiten derselben Münze. «Was kommt nach 12?» kicherte das junge Mädchen. «Ich weiß es! 13.» Sie war sehr glücklich darüber, daß 13 nach 12 kam. «14, 15, 15, 15.»

«15 hast du schon», sagte der Doktor.

«15», sagte das junge Mädchen.

«Was kommt dann, Kindchen?» sagte der Junge.

«15», sagte das junge Mädchen sehr langsam und triumphierend.

«Was kommt dann, Kindchen?» sagte der Doktor.

«15», sagte das Mädchen. «15.»

«Jetzt komm, Kindchen», sagte der Doktor.

«Was kommt dann?» sagte der Junge.

«Was kommt dann?» sagte der Doktor.

Das Mädchen sagte nichts mehr.

Sie sagten auch nichts mehr. Es war sehr still im Zimmer. Ich schaute auf Vida hinunter. Sie war auch sehr still.

Plötzlich wurde das Schweigen im Operationsraum durchbrochen. Das mexikanische Mädchen sagte: «16.»

«Was?» fragte der Doktor.

«Nichts», sagte das mexikanische Mädchen, und dann begann die Sprache und das Schweigen und die Stille der Abtreibung.

Tafelstudien

Vida lag sanft und still wie Marmorstaub auf dem Bett. Nichts deutete darauf hin, daß sie bald aus ihrer Bewußtlosigkeit aufwachen würde, aber ich machte mir keine Sorgen, weil ihr Atem normal ging.

Also saß ich einfach da und hörte der Abtreibung zu und betrachtete Vida und den Ort, an dem ich war: dieses Haus in

Mexiko, das so weit weg war von meiner Bibliothek in San Francisco.

Der kleine Gasofen war immer noch tätig, denn es war kühl in den mexikanischen Wänden von Dr. Garcias Praxis. Unser Zimmer war im Zentrum eines Labyrinths.

An einer Seite des Zimmers war ein kleiner Flur, der an der offenen Klotür vorbei nach hinten lief und in einer Küche endete.

Die Küche war ungefähr sechs Meter von Vida entfernt, die immer noch bewußtlos dalag und deren Bauch leer wie eine unbeschriebene Schultafel war. Ich konnte in der Küche einen Kühlschrank und ein Spülbecken sehen und einen Herd mit ein paar Töpfen drauf.

An der anderen Seite unseres Zimmers war eine Tür, die in einen riesigen Raum führte, der fast wie eine kleine Turnhalle war, und an die Turnhalle schloß sich noch ein anderes Zimmer an.

Die Tür zu diesem Zimmer war offen, und ich konnte die dunkle, abstrakte Form eines Bettes sehen: es war wie ein großes, flach ausgestrecktes, schlafendes Tier.

Ich schaute auf Vida hinunter, die immer noch in einem vollnarkotisierten Vakuum versunken war, und hörte zu, wie im Operationsraum die Abtreibung zu Ende ging.

Plötzlich gab es ein leises, symphonisches Scheppern von chirurgischen Instrumenten, und dann hörte ich Aufräumgeräusche: eine neue Schultafel war abgewischt.

Meine dritte Abtreibung

Der Doktor kam mit dem jungen Mädchen durchs Zimmer. Er trug sie auf den Armen, und obwohl er ein kleiner Mann war, hatte er viel Kraft und konnte sie ohne Anstrengung tragen.

Sie sah sehr still und bewußtlos aus. Ihr Haar hing auf eine merkwürdige Art über seinem Arm, blond und verwirrt. Er trug das Mädchen durch die kleine Turnhalle in das angrenzende Zimmer, wo er sie auf das dunkle, tierähnliche Bett legte.

Dann kam er wieder herüber, machte die Tür zu unserem Zimmer zu, begab sich in die vorderen Bezirke des Labyrinths und kam mit den Eltern des Mädchens wieder zurück.

«Es ging reibungslos», sagte er. «Ohne Schmerzen und ganz sauber.»

Sie sagten nichts darauf, und er kam wieder zurück in unser Zimmer. Die beiden Leute schauten hinter ihm her, und als er durch die Tür ging, sahen sie Vida daliegen und mich neben ihr sitzen.

Ich schaute sie an, und sie schauten mich an, bevor die Tür zuging. Ihre Gesichter waren eine kahle und hartgefrorene Landschaft.

Der Junge kam mit dem Eimer in der Hand ins Zimmer und ging ins Klo und spülte den Fötus und was sonst noch von der Abtreibung übrig war hinunter.

Gleich nachdem die Klospülung ging, hörte ich das Rauschen des Feuers, mit dem die Instrumente sterilisiert wurden. Es war immer wieder das uralte Ritual von Feuer und Wasser, das heute in Mexiko immer und immer wieder ablief.

Vida lag immer noch bewußtlos da. Das mexikanische Mädchen kam herein und warf einen Blick auf sie: «Sie schläft noch, aber es ist prima gelaufen.»

Sie ging in den Operationsraum zurück, und dann kam die nächste Frau in den Operationsraum. Sie war die «eine», die das mexikanische Mädchen vorhin erwähnt hatte und die noch kommen sollte. Ich wußte nicht, wie sie aussah, weil sie erst kam, als wir schon hier hinten waren.

«Hat sie heute schon gegessen?» fragte der Doktor.

«Nein», sagte ein Mann fest und entschlossen, als wollte er verkünden, daß er auf jemanden, den er nicht leiden konnte, eine Wasserstoffbombe werfen wollte.

Es war ihr Mann. Er war mit in den Operationsraum gekommen. Er hatte den Beschluß gefaßt, daß er bei der Abtreibung dabeisein wollte. Sie waren beide schrecklich verkrampft, und die Frau sprach in der ganzen Zeit, in der sie da war, nur vier Wörter. Als sie ihre Spritze bekommen hatte, half er ihr beim Ausziehen.

Er setzte sich hin, während ihre gespreizten Beine an den

Operationstisch geschnallt wurden. Die Narkose setzte etwa im selben Moment ein, in dem sie sie in die richtige Position für die Abtreibung gebracht hatten, denn sie fingen fast sofort damit an.

Diese Abtreibung lief ganz automatisch ab, wie eine Maschine. Der Doktor und seine Gehilfen sprachen nur sehr wenig miteinander.

Ich konnte die Gegenwart des Mannes im Operationsraum spüren. Er war wie eine Art Statue, saß da und schaute zu und wartete darauf, daß irgendein Museum ihn und seine Frau aufklauben würde. Die Frau habe ich nie zu Gesicht bekommen.

Nach der Abtreibung war der Doktor müde, und Vida lag immer noch bewußtlos da. Der Doktor kam ins Zimmer. Er schaute auf Vida hinunter.

«Noch nicht», beantwortete er seine eigene Frage.

Ich sagte nein, weil ich nichts anderes mit meinem Mund zu tun wußte.

«Es ist O.k.», sagte er. «Das kommt manchmal vor.»

Der Doktor sah fürchterlich müde aus. Gott allein weiß, wie viele Abtreibungen er an diesem Tag gemacht hatte.

Er kam herüber und setzte sich aufs Bett. Er nahm Vidas Hand und fühlte ihren Puls. Er beugte sich runter und zog eins ihrer Augenlider hoch. Ihr Auge schaute ihn aus tausend Meilen Entfernung an.

«Es ist in Ordnung» sagte er. «In ein paar Augenblicken kommt sie wieder zu sich.»

Er ging ins Klo und wusch sich die Hände. Als er mit dem Händewaschen fertig war, kam der Junge mit dem Eimer an und erledigte diese Angelegenheit.

Das Mädchen machte im Operationsraum sauber. Der Doktor hatte die Frau auf die Untersuchungsliege im Operationsraum gelegt.

Er hatte ganz schön was zu tun; allein schon das Tragen und Verteilen der Körper konnte einen Mann ausfüllen.

«OHHHHHHHH!« kam eine Stimme durch die Turnhallentür und aus dem Zimmer, in das der Doktor das junge Mädchen gebracht hatte. «OHHHHHHHH!» Es war eine sentimentale, beduselte Stimme. Es war das Mädchen. «OHHHHHHHH!»

«16!» sagte sie. «Ich-OHHHHHHHHHH!»

Ihre Eltern sprachen mit ihr in einem ernsten, gedämpften Tonfall. Sie waren schrecklich korrekt.

«OHHHHHHHHHHHHHHHHHHHH!»

Sie benahmen sich, als hätte sie sich auf einem Familienfest betrunken und als versuchten sie, ihren Rausch zu vertuschen.

«OHHHHHHHHHH! Mir ist vielleicht komisch!»

Im Operationssaal herrschte tiefes Schweigen, kein Laut kam von den beiden Leuten. Man hörte nur das mexikanische Mädchen. Der Junge war wieder durch unser Zimmer gekommen und war irgendwo anders im Haus hingegangen. Er kam nicht mehr zurück.

Als das Mädchen den Operationsraum aufgeräumt hatte, ging sie in die Küche und machte sich daran, ein großes Steak für den Doktor zu braten.

Sie holte eine Flasche Miller's Bier aus dem Kühlschrank und schenkte dem Doktor ein großes Glas voll ein. Er setzte sich in der Küche hin. Er saß so, daß ich kaum sehen konnte, wie er das Bier trank.

Dann begann sich Vida im Schlaf zu rühren. Sie machte die Augen auf. Einen Augenblick lang sahen ihre Augen überhaupt nichts, und dann sahen sie mich.

«He», sagte sie. Ihre Stimme klang weit entfernt.

«He», sagte ich, lächelnd.

«Mir ist schwindlig», sagte sie. Sie kam jetzt näher ran.

«Das hat nichts zu bedeuten», sagte ich. «Es ist alles in Ordnung.»

«Oh, das ist gut», sagte sie. Und lag einfach da.

«Bleib einfach ruhig liegen und reg dich nicht auf», sagte ich.

Der Doktor stand vom Tisch in der Küche auf und kam herein. Er hielt das Glas Bier in der Hand.

«Sie kommt wieder zu sich», sagte er.

«Ja», sagte ich. «Gut», sagte er. «Gut.»

Er ging mit seinem Glas Bier in die Küche zurück und setzte sich wieder hin. Er war sehr müde.

Dann hörte ich, wie die Leute in dem Zimmer an der Turnhalle ihre Tochter anzogen. Sie hatten es sehr eilig, wegzukommen. Es klang, als würden sie einen Betrunkenen anziehen.

«Ich bekomm die Hände nicht hoch», sagte das Mädchen.

Ihre Eltern sagten etwas Strenges zu ihr, und sie bekam die Hände hoch, aber sie hatten soviel Schwierigkeiten, ihr den kleinen Büstenhalter anzuziehen, daß sie es schließlich aufgaben und die Mutter ihn in ihre Handtasche steckte.

«OHHHHHHHHHH! Mir ist so schwindlig», sagte das Mädchen, als sie von ihren Eltern halb getragen, halb gezogen davongeschleppt wurde.

Ich hörte noch ein paar Türen zugehen, und dann war alles still, abgesehen vom Essen des Doktors, das in der Küche kochte. Das Steak briet in einer sehr heißen Pfanne, und es machte eine Menge Krach.

«Was ist denn das?» fragte Vida. Ich wußte nicht, ob sie den Krach meinte, den das Mädchen beim Weggehen machte, oder das Geräusch des bratenden Steaks.

«Das ist der Doktor, er ist beim Essen», sagte ich.

«Ist es schon so spät?» fragte sie. «Ja», sagte ich.

«Ich bin lange weg gewesen», sagte sie.

«Ja», sagte ich. «Wir werden bald gehen müssen, aber wir gehen nicht, bevor du dich nicht danach fühlst.»

«Ich schau, was ich machen kann», sagte Vida.

Der Doktor kam wieder ins Zimmer. Er war nervös, weil er hungrig und müde war und für eine Weile zumachen wollte, sich um nichts mehr kümmern wollte, ausspannen wollte.

Vida schaute zu ihm hoch, und er lächelte und sagte: «Sehen Sie, Kindchen, es hat nicht weh getan. Alles ist wunderbar. Braves Mädchen.»

Vida lächelte sehr schwach, und der Doktor ging wieder in die Küche und zu seinem Steak zurück, das jetzt fertig war.

Während der Doktor beim Essen war, setzte sich Vida langsam auf, und ich half ihr beim Anziehen. Sie versuchte aufzustehen, aber das war noch zu schwer, und ich sagte, sie sollte sich noch ein paar Augenblicke hinsetzen.

Während sie dasaß, kämmte sie ihr Haar, und dann versuchte sie wieder aufzustehen, aber es reichte immer noch nicht, und sie setzte sich wieder aufs Bett.

«Ich bin immer noch ein bißchen wacklig», sagte Vida.

«Das macht nichts», sagte ich.

Die Frau im andern Zimmer war zu sich gekommen, und ihr Mann fing fast sofort damit an, sie anzuziehen, und er sagte dabei dauernd: «Hier. Hier. Hier. Hier», in einem schmerzhaften Oklahoma-Akzent.

«Ich bin müde», sagte die Frau und brauchte damit dreiviertel ihres Wortschatzes auf.

«Hier», sagte der Mann und half ihr beim Anziehen eines neuen Kleidungsstückes.

Als er sie angezogen hatte, kam er in unser Zimmer, blieb stehen und schaute sich nach dem Doktor um. Er war sehr verlegen, als er Vida auf dem Bett sitzen und ihr Haar kämmen sah.

«Doktor», sagte er.

Der Doktor stand von seinem Steak auf und stellte sich in die Küchentür. Der Mann ging auf die Tür zu, blieb aber dann schon nach ein paar Schritten stehen.

Der Doktor kam in unser Zimmer.

«Ja», sagte er.

«Ich kann mich nicht mehr erinnern, wo ich mein Auto geparkt habe», sagte der Mann. «Können Sie mir ein Taxi rufen?»

«Sie haben Ihr Auto verloren?» fragte der Doktor.

«Ich hab's in der Nähe von Woolworth abgestellt, aber ich kann mich nicht mehr erinnern, wo Woolworth ist», sagte der Mann. «Wenn ich erstmal in der Stadt bin, finde ich Woolworth schon wieder. Aber von hier aus komme ich nicht zurecht.»

«Der Junge kommt wieder zurück», sagte der Doktor. «Er bringt Sie in seinem Auto hin.»

«Danke», sagte der Mann und ging wieder zu seiner Frau ins andere Zimmer zurück. «Hast du das gehört?» sagte er zu ihr.

«Ja», sagte sie und brauchte damit den Rest ihres Vokabulars auf.

«Wir werden warten», sagte er.

Vida schaute mich an, und ich lächelte ihr zu und zog ihre Hand an meinen Mund und küßte sie.

«Versuchen wir's noch mal», sagte sie.

«Gut», sagte ich.

Sie versuchte es noch mal, und diesmal ging es. Sie stand ein paar Augenblicke da und sagte dann: «Jetzt hab ich's. Laß uns gehen.»

«Bist du sicher, daß du es hast?» fragte ich.

«Ja.»

Ich half Vida in ihren Pullover. Der Doktor schaute uns von der Küche aus zu. Er lächelte, aber er sagte nichts. Er hatte getan, was von ihm erwartet wurde, und jetzt taten wir, was von uns erwartet wurde. Wir gingen.

Wir gingen langsam aus dem Zimmer in die Turnhalle und arbeiteten uns zum vorderen Teil des Gebäudes durch, kamen durch verschiedene Schichten von Kaltluft bis zur Tür.

Obwohl es immer noch ein grauer, verhangener Tag war, irritierte uns das Licht, und alles war von einem Augenblick auf den anderen laut, automäßig, durcheinander, arm, heruntergekommen und mexikanisch.

Es war, als wären wir in einer Zeitkapsel gewesen und als wären wir jetzt wieder in die Welt, ins Dasein entlassen worden.

Die Kinder spielten immer noch vor dem Haus des Doktors, und wieder unterbrachen sie ihre Spiele, ihr Leben, um zwei mißtrauisch schielende Gringos zu beobachten, die sich festhielten, anklammerten, aneinander festhielten und die Straße hinaufliefen in eine Welt, in der es sie nicht gab.

BUCH VI

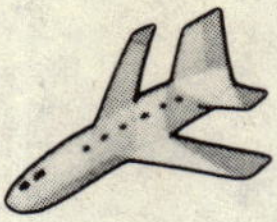

Der Held

Noch mal Woolworth

Wir bahnten uns langsam, vorsichtig und abtreiberisch unseren Weg zurück ins Zentrum Tijuanas. Die ganze Zeit wurden wir von Leuten umzingelt und bombadiert, die versuchten, uns Sachen zu verkaufen, die wir nicht kaufen wollten.

Wir hatten schon bekommen, was wir in Tijuana gewollt hatten. Ich hatte meinen Arm um Vida gelegt. Sie war in Ordnung, aber sie war noch ein bißchen schwach.

«Wie fühlst du dich denn?» fragte ich.

«Ich fühl mich in Ordnung», sagte sie. «Aber ich bin noch ein bißchen schwach.»

Wir sahen einen alten Mann, der wie ein kleiner, gummiartiger Klumpen Tod neben einer alten verfallenen Tankstelle kauerte.

«HEY, ein hübsches, hübsches Mädchen!»

Immer noch reagierten Mexikaner auf Vidas jetzt bleiche Schönheit.

Vida lächelte mir schwach zu, als ein Taxifahrer sein Taxi mit einer dramatischen Vollbremsung vor uns zum Stehen brachte, sich aus dem Fenster beugte, einen gigantischen Papagallopfiff vom Stapel ließ und sagte: «WOW! Du brauchst ein Taxi, Süße!»

Wir bahnten uns unseren Weg zur Main Street Tijuanas und befanden uns plötzlich wieder vor Woolworth und den Hasen im Schaufenster.

«Ich hab Hunger», sagte Vida. Sie war müde. «Ich hab solchen Hunger.»

«Du brauchst was zu essen», sagte ich. «Gehn wir doch mal rein und schauen, ob wir 'ne Suppe für dich bekommen können.»

«Das wär gut», sagte sie. «Ich muß was essen.»

Wir begaben uns von der wirren, schmutzigen Main Street Tijuanas in die moderne, unangemessene Sauberkeit von Woolworth. Ein sehr hübsches mexikanisches Mädchen nahm am Schalter unsere Bestellung entgegen. Sie fragte uns, was wir wollten.

«Was möchten Sie denn gern?» fragte sie.

«Sie möchte eine Suppe», sagte ich. «Eine Muschelsuppe.»

«Ja», sagte Vida.

«Und was möchten Sie haben?» fragte die Bedienung in sehr gutem Woolworth-Englisch.

«Ich glaub, ich nehm ein Bananensplit», sagte ich.

Ich hielt Vidas Hand, während die Bedienung unsere Sachen holte. Sie lehnte ihren Kopf an meine Schulter. Dann lächelte sie und sagte: «Du siehst den größten zukünftigen Fan der Pille vor dir.»

«Wie fühlst du dich denn?» fragte ich.

«So, als hätt' ich grad 'ne Abtreibung gehabt.»

Dann brachte uns die Bedienung unser Essen. Während Vida langsam ihre Suppe bearbeitete, bearbeitete ich mein Bananensplit. Es war mein erstes Bananensplit seit Jahren.

Es war eine ungewöhnliche Kost für diesen Tag, aber sie war nicht ungewöhnlicher als alles andere, das sich ereignet hatte, seit wir ins Königreich von Tijuana gekommen waren, um von den hiesigen Erholungsmöglichkeiten Gebrauch zu machen.

Der Taxifahrer ließ Vida nicht aus den Augen, als wir zurück nach Amerika fuhren. Seine Augen schauten uns aus dem Rückspiegel an, als hätte er noch ein zweites Gesicht, ein Spiegelgesicht.

«Hat es Ihnen in Tijuana gefallen?» fragte er.

«Es war wunderbar», sagte ich.

«Was haben Sie denn gemacht?» fragte er.

«Wir hatten eine Abtreibung», sagte ich.

«HAHAHAHAHAHAHAHAHAHAHASEHRGUTERWITZ!»

lachte der Fahrer.
Vida lächelte.
Leb wohl, Tijuana.
Reich des Feuers und des Wassers.

Noch mal das Green Hotel

Unser Portier empfing uns mit einem erwartungsvollen Lächeln und gespannten Fragen. Mir kam der Gedanke, daß er während der Arbeit trank. Er war so merkwürdig freundlich.

«Haben Sie Ihre Schwester getroffen?» fragte er Vida mit einem strahlenden Prothesenlächeln.

«Was?» sagte Vida. Sie war müde.

«Ja. Wir haben sie getroffen», sagte ich. «Sie hat sich kein bißchen verändert.»

«Nein, ganz im Gegenteil», sagte Vida. Sie hatte grade noch geschnallt und spielte das Spielchen mit.

«Das ist gut», sagte der Portier. «Menschen sollten sich nie ändern. Sie sollten immer bleiben, wie sie sind. Sie sind glücklicher so.»

Ich probierte diese Sentenz an, ob sie mir paßte, und es gelang mir, einen unbewegten Gesichtsausdruck zu bewahren. Wir hatten einen langen Tag hinter uns.

«Meine Frau ist ein bißchen müde», sagte ich. «Ich glaub, wir gehn auf unser Zimmer.»

«Verwandte können einen schon ermüden. Die ganze Aufregung, wenn man alte Bindungen auffrischt», sagte der Portier.

«Ja», sagte ich.

Er gab uns den Schlüssel zum Zimmer seiner Mutter.

«Ich kann Sie nach oben zum Zimmer bringen, falls Sie den Weg nicht mehr wissen», sagte er.

«Nein, das ist nicht nötig», sagte ich. «Ich weiß den Weg noch.» Ich wimmelte ihn ab, indem ich sagte: «Es ist so ein wunderschönes Zimmer.»

«Nicht wahr?» sagte er.

«Sehr hübsches Zimmer», sagte Vida.

«Meine Mutter war sehr glücklich da drin», sagte er.

Wir fuhren mit dem alten Aufzug nach oben, und ich sperrte die Tür auf. «Geh runter vom Bett», sagte ich, als wir das Zimmer betraten. «Runter», wiederholte ich.

«Was?» sagte Vida.

«Das Muttergespenst», sagte ich.

«Oh.»

Vida legte sich aufs Bett und schloß die Augen. Ich zog ihr die Schuhe aus, damit sie bequemer liegen konnte.

«Wie fühlst du dich denn?» fragte ich.

«Ein bißchen müde.»

«Wir machen ein kleines Schläfchen», sagte ich, steckte sie unter die Decke und legte mich zu ihr.

Wir schliefen ungefähr eine Stunde, und dann wachte ich auf. Das Muttergespenst putzte sich die Zähne, und ich sagte ihm, es solle in den Wandschrank gehen, bis wir weg wären. Es ging in den Wandschrank, und ich machte die Tür hinter ihm zu.

«Hey, du», sagte ich. Vida bewegte sich im Schlaf und öffnete die Augen.

«Wie spät ist es denn?» fragte sie.

«Ungefähr Mitte Nachmittag», sagte ich.

«Wann geht denn unser Flugzeug?» fragte sie.

«6.25», sagte ich. «Glaubst du, du schaffst es? Sonst bleiben wir eben die Nacht hier.»

«Nein, mir geht's gut», sagte sie. «Fahren wir zurück nach San Francisco. Ich mag San Diego nicht. Ich will hier raus und das hier alles hinter mir haben.»

Wir standen auf, und Vida wusch sich das Gesicht, machte sich ein bißchen zurecht und fühlte sich schon viel besser, obwohl sie noch immer ein bißchen schwach war.

Ich sagte der Geistermutter des Hotels im Wandschrank auf Wiedersehen, und Vida stimmte mit ein. «Auf Wiedersehen, Geist», sagte sie.

Wir fuhren im Aufzug zu dem diensttuenden Portier hinunter, den ich in Verdacht hatte, während der Arbeit zu trinken.

Er war irritiert, als er mich mit der KLM-Tasche in der Hand dastehen sah und ich ihm den Zimmerschlüssel zurückgab.

«Sie bleiben nicht über Nacht hier?» fragte er.

«Nein», sagte ich. «Wir haben uns entschlossen, bei ihrer Schwester zu bleiben.»

«Und Ihre Schnarcherei?» fragte er.

«Ich geh damit zum Arzt», sagte ich. «Ich kann mich nicht mein ganzes Leben lang davor verstecken. Ich kann nicht ewig so weiterleben. Ich will dieser Schnarcherei die Stirn bieten wie ein Mann.»

Vida gab mir einen leichten Knuff mit den Augen, um mir zu bedeuten, daß ich es ein bißchen zu weit trieb, und ich machte einen Rückzieher und sagte: «Sie haben ein hübsches Hotel hier, und ich werde es allen meinen Freunden empfehlen, wenn sie mal nach San Diego kommen. Was bin ich Ihnen schuldig?»

«Danke», sagte er. «Nichts. Sie sind ja Fosters Freund. Aber Sie sind ja nicht mal über Nacht geblieben.»

«Das ist schon in Ordnung», sagte ich. «Sie waren sehr freundlich. Vielen Dank und auf Wiedersehen.»

«Auf Wiedersehen», sagte der Portier. «Kommen Sie wieder, wenn Sie mal über Nacht bleiben können.»

«Ganz bestimmt», sagte ich.

«Auf Wiedersehen», sagte Vida.

Plötzlich wurde er ein bißchen verzweifelt und paranoid. «Mit dem Zimmer hat doch alles gestimmt, oder?» sagte er. «Es war das Zimmer meiner Mutter.»

«Ja», sagte ich. «Da hat nichts gefehlt.»

«Ein wunderbares Hotel», sagte Vida. «Und ein schönes Zimmer. Ein wirklich schönes Zimmer.»

Vida schien ihn beruhigt zu haben, denn als wir zur Tür hinausgingen, sagte er zu uns: «Sagen Sie Ihrer Schwester einen Gruß von mir.»

Das gab uns Stoff zum Nachdenken, während wir zum Flughafen San Diego hinausfuhren. Wir saßen sehr nah beieinander auf dem Rücksitz eines Taxis, dessen Fahrer, diesmal ein Amerikaner, Vida im Rückspiegel nicht aus den Augen ließ. Gleich als wir in das Taxi einstiegen, sagte der Fahrer: «Wohin?»

Ich dachte, es wäre ganz einfach, wenn ich nur sagte: «Zum Internationalen Flughafen, bitte.»

So einfach war es nicht.

«Zum Internationalen Flughafen San Diego, oder? Da wollen Sie hin, was?»

«Ja», sagte ich und merkte, daß etwas nicht stimmte.

«Ich wollte bloß sichergehen», sagte er. «Gestern hab ich nämlich einen Fahrgast gehabt, der auch zum Internationalen Flughafen wollte, aber er wollte zum Internationalen Flughafen Los Angeles. Deshalb hab ich noch mal gecheckt.»

Oh, ja.

«Haben Sie ihn hingebracht?» fragte ich. Ich hatte nichts anderes zu tun, und meine Beziehung zu dem Fahrer war offensichtlich nicht mehr kontrollierbar.

«Ja», sagte er.

«Er hatte wahrscheinlich Angst vorm Fliegen», sagte ich.

Der Fahrer bekam den Witz nicht mit, weil er Vida im Rückspiegel ins Auge gefaßt hatte, und Vida faßte jetzt, nachdem ich diesen Witz gerissen hatte, mich ins Auge.

Der Fahrer starrte Vida unentwegt an. Er kümmerte sich sehr wenig ums Autofahren. Es war offensichtlich gefährlich, mit Vida in einem Taxi zu fahren.

Ich registrierte in meinem Gedächtnis diesen Umstand für die Zukunft, damit nicht Vidas Schönheit einmal unser Leben gefährdete.

Der Internationale Trinkgeldschlund San Diego (Nicht Los Angeles)

Unglücklicherweise war der Taxifahrer nicht sehr glücklich über das Trinkgeld, das ich ihm gab. Es machte wieder einen Dollar und zehn Cent und, in Erinnerung an die Erfahrung, die wir am Vormittag mit diesem ersten Taxifahrer gemacht hatten, erhöhte ich den Trinkgeld-Einsatz auf dreißig Cent.

Das Dreißig-Cent-Trinkgeld irritierte ihn, und er wollte nichts mehr mit uns zu tun haben. Auch Vida zählte nicht mehr, als er die dreißig Cent sah.

Wie hoch ist denn bloß das Trinkgeld zum Flughafen San Diego?

Unser Flugzeug flog erst in einer Stunde. Vida hatte ziemlichen Hunger, und wir gingen ins Café und aßen etwas. Es war ungefähr 5.30 Uhr.

Wir aßen Hamburger. Es war das erste Mal seit Jahren, daß ich wieder einen Hamburger aß, aber er war nicht besonders gut. Er schmeckte fad.

Vida allerdings fand ihren Hamburger gut.

«Du hast vergessen, wie ein Hamburger schmeckt», sagte Vida. «Die vielen Jahre im Kloster haben deinen Geschmack verdorben.»

In unserer Nähe saßen zwei Frauen. Die eine hatte Platinhaare und trug einen Nerzmantel. Sie war in mittleren Jahren und redete mit einem jungen, unaufdringlich hübschen Mädchen, das dann, als es an der Reihe war, über ihre Hochzeit sprach und über die kleinen Hütchen, die für die Brautjungfern entworfen wurden.

Das Mädchen hatte hübsche Beine, aber weiter oben war sie etwas zu kurz gekommen, oder war ich verwöhnt? Sie verließen ihren Tisch, ohne ein Trinkgeld dazulassen.

Das brachte die Bedienung fast zur Weißglut.

Sie war wahrscheinlich eine nahe Verwandte der zwei Taxifahrer, die ich an diesem Tag in San Diego schon kennengelernt hatte.

Sie starrte den trinkgeldlosen Tisch an, als wäre er ein Sittlichkeitsverbrecher. Vielleicht war sie Mutter der Taxifahrer.

Leb wohl, San Diego

Ich schaute mir den Flughafen San Diego genauer an. Er war klein und hübsch, unkompliziert und ohne jeden *Playboy*-Schnickschnack. Die Leute waren hier, um zu arbeiten, und nicht, um schön auszusehen.

Auf einem Schild stand ungefähr so was wie: Tiere, die zum Reisegepäck gehören, können in der Gepäckhalle im rückwärtigen Teil des Gbds. abgeholt werden.

Sie können Ihren Kopf wetten, daß man solche Schilder im Internationalen Flughafen San Francisco nicht sieht.

Ein junger Mann auf Krücken kam in Begleitung dreier Männer an uns vorbei, als wir hinausgingen, um auf unser Flugzeug zu warten. Sie starrten alle vier Vida an, und der junge Mann starrte am meisten.

Es war ein weiter Weg von dem schönen PSA Warteraum in San Francisco bis zu dem Drahtzaun in San Diego, an dem wir jetzt standen und darauf warteten, unser Flugzeug besteigen zu können, das wie ein Haifisch dastand und einen hohen, flugwütigen Dampfpfeifton ausstieß.

Der Abend senkte sich kalt und grau auf uns und ein paar Palmen in der Nähe, neben dem Freeway. Durch die Palmen wirkte alles irgendwie noch kälter, als es wirklich war. Sie wirkten deplaziert in der Kälte.

Eine Militärkapelle spielte neben einem der Flugzeuge, die auf dem Flugplatz standen, aber es war zu weit weg, und man konnte nicht sehen, warum sie spielten. Vielleicht kam gerade irgendein hohes Tier an oder flog ab. Die Kapelle klang wie mein Hamburger.

Mein geheimer Talisman für alle Zeiten

Wir bekamen wieder unsere alten Sitze über dem Flügel, und ich saß wieder am Fenster. Plötzlich, innerhalb von zwölf Sekunden, war es dunkel. Vida war still, müde. Am Ende des Flügels brannte ein kleines Licht. Ich mochte es, und es gefiel mir, wie es da draußen in der Dunkelheit, dreiundzwanzig Meilen weit weg, brannte wie ein Leuchtturm, und ich machte es zu meinem geheimen Talisman für alle Zeiten.

Neben uns, auf der anderen Seite des Ganges, saß ein junger Priester. Er war während des kurzen Flugs bis Los Angeles ganz hingerissen von Vida.

Zuerst versuchte er, es nicht allzu offen zu zeigen, aber nach einiger Zeit kapitulierte er, und einmal beugte er sich über den Gang und wollte etwas zu Vida sagen. Er wollte tatsächlich etwas zu ihr sagen, aber dann überlegte er es sich anders.

Ich werde mich wahrscheinlich noch lange Zeit fragen, was er zu meinem armen, abgetriebenen Mädchen gesagt hätte, das, obwohl geschwächt und ermüdet von den Sitten und Bräuchen Tijuanas, das hübscheste Ding im Himmel über Kaliformien war, in einem Himmel, der sich sehr rasch auf Los Angeles zubewegte.

Ich kümmerte mich nicht mehr um das Interesse des Priesters

an Vida, sondern ging zu Foster und der Bibliothek über. Ich fragte mich, wie er wohl mit den Büchern umging, die an diesem Tag reinkamen.

Ich hoffte, daß er sie auf die richtige Art in Empfang nehmen würde und daß er wie ich dafür sorgen würde, daß die Autoren sich wohl fühlten und erwünscht.

«Wir sind ja bald zu Hause», sagte Vida zu mir nach einem langen Schweigen voller Gedankenlärm. Der Priester verlor vor vibrierender Gespanntheit fast das Gleichgewicht, als Vida sprach.

«Ja», sagte ich. «Daran hab ich auch gerade gedacht.»

«Ich weiß», sagte sie. «Ich hab den Lärm in deinem Kopf hören können. Ich glaub, in der Bibliothek ist alles in Ordnung. Foster macht seine Sache schon gut.»

«Du machst deine Sache auch gut», sagte ich.

«Danke», sagte sie. «Es ist gut, wenn wir wieder zu Hause sind. Zurück in die Bibliothek und dann schlafen.»

Es gefiel mir sehr, daß sie die Bibliothek als ihr Zuhause ansah. Ich schaute aus dem Fenster zu meinem Talisman.

Ich mochte ihn jetzt, während wir hinunterflogen, genauso gern wie den Kaffeefleck.

Elf und vielleicht

Nachts ist alles anders. Die Häuser und Städte weit unten verlangen ihre Schönheit und bekommen sie mit ihren Lichtern, die in der Tiefe mit unglaublicher Leidenschaft glitzern. Die Landung in Los Angeles war wie die Landung in einem Diamantring.

Der Priester wollte in Los Angeles nicht aus dem Flugzeug aussteigen, aber er mußte, weil es für ihn die Endstation war. Vielleicht erinnerte Vida ihn an jemanden. Vielleicht war seine Mutter sehr schön, und er wußte nicht, wie er damit zurechtkommen sollte, und das hat ihn zur Soutane getrieben, und diese Schönheit jetzt in Vida wiederzusehen war, als wirbelte er durch die Spiegel der Zeit wieder zurück in seine Kindheit.

Vielleicht dachte er auch über etwas nach, das völlig anders war als alles, worüber ich je in meinem Leben nachgedacht hatte, und seine Gedanken waren hoch und hehr, und man hätte eine Statue aus ihnen machen sollen… vielleicht. Um Foster zu zitieren: «Zu viele Vielleichts auf der Welt und nicht genug Leute.»

Plötzlich kam mir meine Bibliothek wieder in den Kopf, und ich verpaßte, wie der Priester dann tatsächlich ausstieg, wegging und ein Teil von Los Angeles wurde, die Stadt um seinen Anteil größer machte und Erinnerungen an Vida irgendwohin mitnahm.

«Hast du das gesehen?» fragte Vida.

«Ja», sagte ich.

«Das geht jetzt schon so, seit ich elf bin», sagte sie.

Fresno, dann 3 ½ Minuten bis Salinas

Die Stewardessen auf diesem Flug waren phantastisch seichte Wesen und von einer eindimensionalen Frau in eine Welt geboren worden, in der absolut nichts existierte, außer einem Chromlächeln. Sie waren natürlich alle sehr schön.

Eine von ihnen schob einen kleinen Wagen durch den Gang und versuchte, uns Cocktails zu verkaufen. Sie hatte eine unmenschliche, mechanische Singsangstimme, die ganz sicher vorher von einem Computer aufgenommen worden war.

«Cocktail bitte.
Cocktail bitte.
Cocktail bitte.»

Und sie schob ihren kleinen Wagen durch den Himmel.

«Cocktail bitte.
Cocktail bitte.
Cocktail bitte.»

Drunten sah man keine Lichter.

Brenn weiter, o Talisman!

Ich drückte mein Gesicht ans Fenster, schaute angestrengt hinaus und entdeckte einen Stern und wünschte mir was, aber ich will nicht sagen, was. Warum sollte ich auch? Kaufen Sie sich einen Cocktail bei der hübschen Miß Nullpunkt und suchen Sie sich Ihren eigenen Stern. Es ist für jeden einer da am Abendhimmel.

Hinter uns waren zwei Frauen, die sich auf der neununddreißig Minuten langen Strecke nach San Francisco über Nagellack unterhielten. Eine von ihnen vertrat die Ansicht, daß man Fingernägel ohne Lack unter Felsen begraben sollte.

Vida hatte keinen Lack auf ihren Fingernägeln, aber das war ihr egal, und sie kümmerte sich nicht um die Unterhaltung der Frauen.

Von Zeit zu Zeit wurde das Flugzeug von einem unsichtbaren Pferd in der Luft durchgeschüttelt, aber das störte mich nicht, weil ich mich gerade in den 727-Jet verliebte, meine Himmelheimat, meine Luftliebe.

Der Pilot oder sonst eine männliche Stimme sagte uns, daß wir, wenn wir aus dem Fenster schauten, die Lichter Fresnos sehen könnten und daß wir noch 3 ½ Minuten von den Lichtern Salinas entfernt waren.

Ich hielt schon Ausschau nach Salinas, aber da ereignete sich etwas im Flugzeug. Eine der Frauen hatte vor zehn Jahren ihren Nagellack umgeschüttet, und er war über eine Katze gelaufen, und ich wandte mich einen Augenblick lang ab, um mir das durch den Kopf gehen zu lassen, und verpaßte Salinas, also tat ich so, als wäre mein Talisman Salinas.

Der Schutzpatron der Abtreibung

Wir setzten schon zur Landung in San Francisco an, als die Frauen hinter uns ihre Unterhaltung über Nagellack beendeten

«Ich möchte nicht mal tot ohne Nagellack ertappt werden», sagte die eine von ihnen.

«Da haben Sie recht», sagte die andere.

Wir hatten nur noch fünf Kilometer bis zur Landung, und ich konnte den Flügel nicht sehen, der wie ein schwarzer Highway zu meinem Talisman hinausführte.

Ah, der Flügel tauchte auf wie herbeigezaubert, gerade, als wir den Boden berührten.

Überall im Flughafen waren Soldaten. Es war, als hätte eine ganze Armee ihr Lager da aufgeschlagen. Sie schnappten über, als sie Vida sahen. Sie erhöhte die Samenproduktion der U. S. Army um ungefähr drei Tonnen, während wir da durch und zum Transporter auf dem Parkplatz gingen.

Vida zog auch die Zivilbevölkerung in Mitleidenschaft, indem sie einen Mann, der aussah wie ein Bankier, dazu brachte, direkt in eine Asiatin hineinzulaufen und die Frau umzurennen. Sie war ziemlich überrascht, weil sie gerade erst aus Saigon gekommen war und nicht erwartete, daß ihr das gleich bei ihrem ersten Besuch in Amerika passieren würde.

Leider noch ein Opfer von Vidas Ding.

«Glaubst du, du kannst das aushalten?» fragte Vida.

«Wir sollten es in eine Flasche tun und zustöpseln», sagte ich.

«Trink Vidade!» sagte Vida. «Vidas Brauselimonade.»

«Wie fühlst du dich denn?» fragte ich. Ich hatte den Arm um sie gelegt.

«Froh, daß ich wieder zu Hause bin», sagte sie.

Obwohl der Internationale Flughafen von San Francisco sich aufführte wie ein kybernetischer *Playboy*-Palast und Sachen für uns machen wollte, denen wir noch nicht ganz gewachsen waren – in diesem Augenblick spürte ich, daß der Internationale Flughafen seit Tijuana unser erstes Zuhause war. Ich wollte auch schon dringend zur Bibliothek zurück und Foster sehen.

Die Bufano Statue erwartete uns mit einem Frieden, den wir nicht verstehen konnten. Sie stand da mit ihren merkwürdigen Leuten, die wie Produkte an einer riesigen Patrone befestigt waren. Als wir in den Transporter stiegen, dachte ich, daß es eine Statue für den Schutzpatron der Abtreibung geben sollte, wer immer das war, eine Statue irgendwo da auf dem Parkplatz für die Tausende von Frauen, die dieselbe Reise gemacht hatten, die Vida und ich gerade beendeten, die ins Königreich des Feuers und des Wassers geflogen waren, in die bereiten und geldbewußten Hände Dr. Garcias und seiner Helfer in Mexiko.

Gott sei Dank hatte der Transporter etwas Vertrautes, Entspanntes, Menschliches. Der Transporter spiegelte in seinen Gerüchen und in seiner ganzen Art Foster wider. Es tat sehr gut, jetzt, nachdem wir durch die Geschichte Kaliforniens gereist waren, in dem Transporter zu sitzen.

Ich legte meine Hand in Vidas Schoß, und da blieb sie auch, während wir hinter den roten Lichtern der Autos vor uns, die wie Rosen zurückstrahlten, nach San Francisco hineinfuhren.

Ein neues Leben

Das erste, was wir sahen, als wir wieder zur Bibliothek zurückkamen, war Foster, der in seinem traditionellen T-Shirt auf der Treppe saß, obwohl es doch jetzt schon dunkel und kalt war.

In der Bibliothek waren die Lichter an, und ich wunderte mich, was Foster draußen auf der Treppe machte. Das schien mir nicht die rechte Art zu sein, eine Bibliothek zu führen.

Foster stand auf und winkte auf seine freundliche, enorme Art.

«He, wer seid denn ihr?» sagte er. «Wie war's denn?»

«Prima», sagte ich und stieg aus dem Transporter. «Was machst du denn hier draußen?»

«Wie geht's denn meiner Kleinen?» sagte Foster zu Vida.

«Ganz prima», sagte sie.

«Warum bist du denn nicht drin?» fragte ich.

«Müde, Schätzchen?» sagte Foster zu Vida. Er legte sanft seinen Arm um sie.

«Ein bißchen», sagte sie.

«Na ja, das gehört sich ja auch so, aber das dauert nicht lange.»

«Die Bibliothek?» sagte ich.

«Braves Mädchen», sagte Foster zu Vida. «Ich bin froh, daß ich dich wiederseh. Du siehst aus wie 'ne Million Dollar in Kleingeld. Ein toller Anblick!» Er gab ihr einen Kuß auf die Wange.

«Die Bibliothek», sagte ich.

Foster wandte sich zu mir. «Es tut mir leid», sagte er, dann wandte er sich zu Vida. «Oh, was für ein Mädchen!»

«Was tut dir leid?» sagte ich.

«Mach dir keinen Kummer», sagte Foster. «Es ist so am besten. Du brauchst 'ne Pause, Tapetenwechsel. Du wirst jetzt viel glücklicher sein.»

«Glücklicher – wieso? Was ist denn los?»

«Na ja», sagte Foster. Sein Arm lag um Vida, und sie schaute zu ihm hoch, während er zu erklären versuchte, was los war.

Auf ihrem Gesicht lag ein leichtes Lächeln, das immer stärker wurde, während Foster weitersprach: «Na ja, das ist so passiert. Ich bin dagesessen und hab auf deine Bibliothek aufgepaßt, als diese Dame mit einem Buch reingekommen ist und sie –»

Ich schaute von Foster weg zur Bibliothek, die ihr freundliches Licht nach draußen scheinen ließ, und ich schaute durch die Glastür und konnte eine Frau hinter dem Pult sitzen sehen.

Ich konnte ihr Gesicht nicht sehen, aber ich konnte sehen, daß es eine Frau war, und ihre Gestalt sah aus, als würde sie da hingehören. Mein Herz und mein Magen fingen komische Sachen in meinem Körper an.

«Du meinst?» sagte ich, unfähig, die Worte zu finden.

«Richtig», sagte Foster. «Sie sagte, die Art, auf die ich die Bibliothek führte, wär 'ne Schande, und ich wär ein Pfuscher, und sie würde jetzt die Bibliothek übernehmen: dankeschön.

Ich hab ihr gesagt, daß du schon jahrelang hier bist und daß du unheimlich gut bist in der Bibliothek und daß ich bloß während einer Notlage hier aufpasse. Sie hat gesagt, daß das ganz egal wäre. Daß du es nicht mehr verdienst, die Bibliothek zu leiten, wenn du sie mir anvertraut hast, und sei 's nur für einen Tag.

Ich hab ihr gesagt, daß ich in den Höhlen arbeite, und sie hat gesagt, daß ich da nicht mehr arbeite, daß sich von jetzt an ihr Bruder drum kümmern würde, daß ich mir was anderes einfallen lassen sollte, zum Beispiel mich um 'nen Job kümmern.

Dann hat sie mich gefragt, wo die Wohnräume sind, und ich hab ihr den Weg gezeigt, und sie ist reingegangen und hat euer ganzes Zeug zusammengepackt. Als sie Vidas Sachen gefunden hat, hat sie gesagt: ‹Da bin ich ja grade noch rechtzeitig gekommen!› Dann hat sie mich alles hier raustragen lassen, und seitdem sitz ich hier.»

Ich schaute auf meine mageren Habseligkeiten hinunter, die auf der Treppe gestapelt waren. Ich hatte sie noch nicht einmal bemerkt.

«Ich kann das nicht glauben», sagte ich. «Ich geh rein und sage ihr, daß alles ein Irrtum ist, daß –»

Genau in diesem Moment stand die Frau hinter dem Pult auf, schlenderte auf sehr aggressive Art zur Eingangstür, öffnete die Tür, ohne herauszutreten, und schrie mich an: «Schaffen Sie jetzt Ihr gottverdammtes Zeug hier weg und kommen Sie nie wieder zurück, außer mit einem Buch unterm Arm!»

«Es handelt sich um einen Irrtum», sagte ich.

«Ja», sagte sie. «Und der Irrtum sind Sie. Gute Nacht, Sie Schnösel!»

Sie drehte sich um, und die Eingangstür schloß sich hinter ihr, als würde sie auf sie hören.

Ich stand da wie Lots Frau an einem ihrer schlimmen Tage.

Vida lachte wie verrückt, und Foster war auch am Überschnappen. Sie begannen ein Tänzchen, tanzten auf dem Bürgersteig um mich herum.

«Es ist bestimmt ein Irrtum», rief ich in diesem wilden Durcheinander.

«Du hast die Dame gehört», sagte Foster. «Verdammt! Verdammt! Verdammt! Bin ich froh, daß ich aus der Höhlengeschichte raus bin. Ich hab gedacht, ich krieg noch Tbc.»

«O Junge», sagte Vida und brach den Tanz ab und umarmte mich, während Foster begann, unsere Sachen in den Transporter zu laden. «Du bist soeben gefeuert worden. Du wirst jetzt wie ein normales menschliches Wesen leben müssen.»

«Ich kann das nicht glauben», ächzte ich. Dann luden sie mich in den Transporter.

«Also, was machen wir?» fragte Foster.

«Gehn wir doch zu mir», sagte Vida. «Es ist bloß um die Ecke in der Lyon Street.»

«Ich kann jederzeit im Transporter schlafen», sagte Foster.

«Nein, bei mir ist reichlich Platz für uns alle», sagte Vida.

Irgendwie war es dazu gekommen, daß Vida den Transporter fuhr, und sie parkte ihn vor einem großen, roten, schindelgedeckten Haus mit einem uralten Eisengitter davor. Das Gitter sah ziemlich harmlos aus. Die Zeit hatte ihm alles Grimmige genommen, und Vida wohnte unterm Dach.

Wir saßen auf dem Boden auf einem dicken weißen Teppich, in dessen Mitte ein niedriger Marmortisch stand.

«Wollt ihr was trinken?» fragte Vida. «Ich glaub, wir brauchen alle einen Schluck.»

Foster lächelte.

Vida machte uns ein paar trockene Wodka-Martinis in Gläsern voller Eis. Sie tat keinen Wermut dazu. Zum Schluß kamen noch ein paar kringelige Streifen von einer Zitronenschale dazu. Die Zitronenkringel lagen da wie Blumen im Eis.

«Ich leg mal 'ne Platte auf», sagte Vida. «Dann fang ich mit dem Essen an.»

Ich war schockiert vom Verlust meiner Bibliothek und überrascht, wieder in einem richtigen Haus zu sein. Beide Gefühle glitten vorbei wie Schiffe in der Nacht.

«Verdammt, schmeckt der Wodka gut», sagte Foster.

«Nein, Vida», sagte ich. «Ruh du dich lieber aus. Ich kümmere mich um die Küche.»

«Nein», sagte Foster. «Ein kleines Holzfällerfrühstück ist das, was wir jetzt alle brauchen. Bratkartoffeln, Zwiebeln und Eier und ein paar Liter Ketchup, alles in einem Topf. Hast du die Zutaten alle da?»

«Nein», sagte Vida. «Aber unten an der Ecke California und Divisadero ist noch ein Laden offen.»

«O.k.», sagte Foster.

Er führte sich noch ein bißchen Wodka zu.

«Ah, habt ihr zwei Kleinen noch ein bißchen Geld übrig? Ich bin pleite.»

Ich gab Foster ein paar Dollar, die ich noch übrig hatte, und er ging zum Laden.

Vida legte eine Platte auf. Es war das Beatles-Album *Rubber Soul*. Ich hatte die Beatles noch nie gehört. So lange war ich in der Bibliothek gewesen.

«Ich möchte, daß du das als erstes hörst», sagte Vida.

Wir saßen schweigend da und hörten uns die Platte an.

«Wer hat das gesungen?» frage ich.

«John Lennon», sagte sie.

Foster kam mit den Lebensmitteln zurück und machte sich daran, unser Frühstücksessen-Dingsbums zu kochen. Bald war die ganze Dachwohnung voller Zwiebelgeruch.

Das war vor Monaten.

Wir haben jetzt den letzten Tag im Mai, und wir leben alle zusammen in einem kleinen Haus in Berkeley. Es hat einen kleinen Hinterhof. Vida arbeitet in einem Oben-ohne-Lokal drüben in North Beach, damit sie ein bißchen Geld hat, wenn sie diesen Herbst an die Uni zurückgeht. Sie versucht es noch einmal mit Englisch. Foster hat eine Freundin, eine Austauschstudentin aus Pakistan. Sie ist zwanzig und studiert im Hauptfach Soziologie.

Sie ist jetzt im andern Zimmer und kocht ein großes Pakistaniessen, und Foster schaut ihr mit einer Dose Bier in der Hand zu. Er hat einen Job bei der Bethlehem Steel drüben in San Francisco und arbeitet nachts an einem Flugzeugträger, der im Trockendock hergerichtet wird. Heute ist Fosters freier Tag.

Vida ist weg und erledigt dies und das und wird bald wieder zu Hause sein. Sie arbeitet heute nacht auch nicht.

Ich habe den Nachmittag an einem Tisch gegenüber der Sproul Hall verbracht, wo sie 1964 Hundert von Free-Speech-Kindern verhaftet und ins Gefängnis gebracht haben. Ich habe Spenden für The American Forever, Etc. gesammelt.

Am liebsten stelle ich meinen Tisch um die Mittagszeit herum in der Nähe des Springbrunnens auf, damit ich die Studenten sehen kann, wenn sie durch das Gate herausströmen wie die Blüten einer tausendfarbigen Blume. Ich mag das, die Freude, die von ihrem intellektuellen Aroma ausgeht, und die politischen Veranstaltungen, die sie am Mittag auf den Stufen der Sproul Hall abhalten.

Es ist schön da, in der Nähe des Springbrunnens, und überall rundherum sind grüne Bäume und Backsteine und Leute, die mich brauchen. Sogar eine ganze Menge Hunde hängen auf der Plaza herum. Sie haben alle möglichen Formen und Farben. Ich glaube, es ist wichtig, daß man solche Sachen an der Universität von Kalifornien findet.

Vida hatte recht, als sie sagte, daß ich in Berkeley ein Held sein könnte.

ENDE